1. Die Friedenssuppe

Ihr seid Gefangene der siegreichen Armee des Gräfhatz*!
*Gräfhatz = Grässlichster Feldhase aller Zeiten
Dein Gräfhatz ist gestern abgehauen!
Der Gröaleb ist beim Suhlen ertrunken und König Nilo ist ins Exil verduftet!
*Gröaleb = Größter aller Eber
Und was machen wir jetzt?
Äh, machen wir doch einfach ...
... Frieden!
Riecht irgendwie lecker!
Was heißt da lecker, das ist die beste Suppe seit dem Krieg!
Jeder gibt etwas dazu ...
... der Rainer die Möhren
... der Egon die Kartoffeln
und Bärbel ihren letzten Krümel Salz
Was wäre denn, wenn wir in Zukunft alles gemeinsam machen?

Peter Brandt & Stefan Eling

Möhrenverschwörung in HanisauLand

bpb: Bundeszentrale für politische Bildung

Die Geschichte von HanisauLand hat **Peter Brandt** geschrieben. Er lebt und arbeitet als Autor und Filmemacher in Bonn.
Für seine korrekte Darstellung der Sitten und Gebräuche in HanisauLand erhielt er den hanisauländischen Hausorden.

Die Zeichnungen des Comics stammen von **Stefan Eling**, der als Grafiker und Zeichentrickfilmer seine Möhren in Köln verdient.
Einen Orden erhielt er bislang nicht, da er Bärbel Breitfuß immer dicker zeichnet, als sie ist.

Bonn 2005 (3. Auflage)

Die Lexikonartikel wurden von Gerd Schneider verfasst. Als Orientierung diente u.a. "Das Polit-lexikon" von Martina Klein und Klaus Schubert (Dietz Verlag, Bonn 2001).
Die Anregungen für den Unterricht geben Norbert Neuß, Katrin Mrotzek und Andreas Petrik.

Redaktion: Sabine Berthold, bpb Multimedia/IT
Claudia Nölling-Schweers, Christiane Toyka-Seid
Gestaltung: Stefan Eling
Druck: Bonifatius Druck Buch Verlag, Paderborn

ISBN-Nr. 3-89331-519-5

MUSEUM
Frieden! Na, aber das ist nur ein Traum.
Doch manchmal werden Träume wahr. Na ja, zumindest ein bisschen.

MUSEUM
Deshalb schlagen wir Hasen vor, unsere vereinigten Länder ...

HaNiSauLand
... total mit Möhren zu bepflanzen!
Sauland
Sauburg
Nilopotamien
Bad Nilstein
Hasien
Rübstadt
Schaffen!
Bauen!
Möhren kauen!
Keine Möhren zwischen unsere Föhren!
Möhrenfreie Wälder für möhrenfreie Sauen!
Die wollen uns das Wasser abgraben!
Alles blöde Nichtschwimmer! Haut die Hasen in die Pfanne!

Wenn das so weitergeht ...
... haben wir demnächst wieder ...
... einen hübschen kleinen Krieg!
Aus dir mach' ich Möhrengemüse!
Dich sitz' ich platt!
Wer nicht Möhren will, muss fühlen!
Karnickel raus!
Bärbel erinnert sich, dass vor dem Krieg ein altes Walross bei ihnen lebte, das man bei Streitigkeiten immer um Rat fragen konnte. Allerdings verschwand es auf Nimmerwiedersehen.
Wenn doch nur das alte Walross da wäre.
Ich weiß, wo es steckt! Es lebt jetzt da, wo Sauland ans Meer grenzt... Geht aber kein Schwein hin, ist zu gefährlich.
Gefährlich? Ach komm schon, du Hasenfuß!
... weiter geht es in der nächsten Folge: "Der Schweiger von der Klippe".
Noch am gleichen Abend brechen Bärbel, Egon und Rainer auf, um sich Rat bei dem alten Walross zu holen. Aber der Weg in die entlegenen Berge von Sauland ist weit und voller Gefahren ...

... AUS DER GESCHICHTE HANISAULANDS

UGA, DAS KEULENSCHWEIN

Uga, die Wildsau, auch bekannt unter dem Namen "das Keulenschwein", erfand in grauer Vorzeit die erste Keule. Auf Grund dieses gewaltigen technologischen Vorsprunges gelang es den Wildschweinen, die Hasen und Nilpferde drei Eiszeiten lang zu unterjochen.

2. Der Schweiger von der Klippe

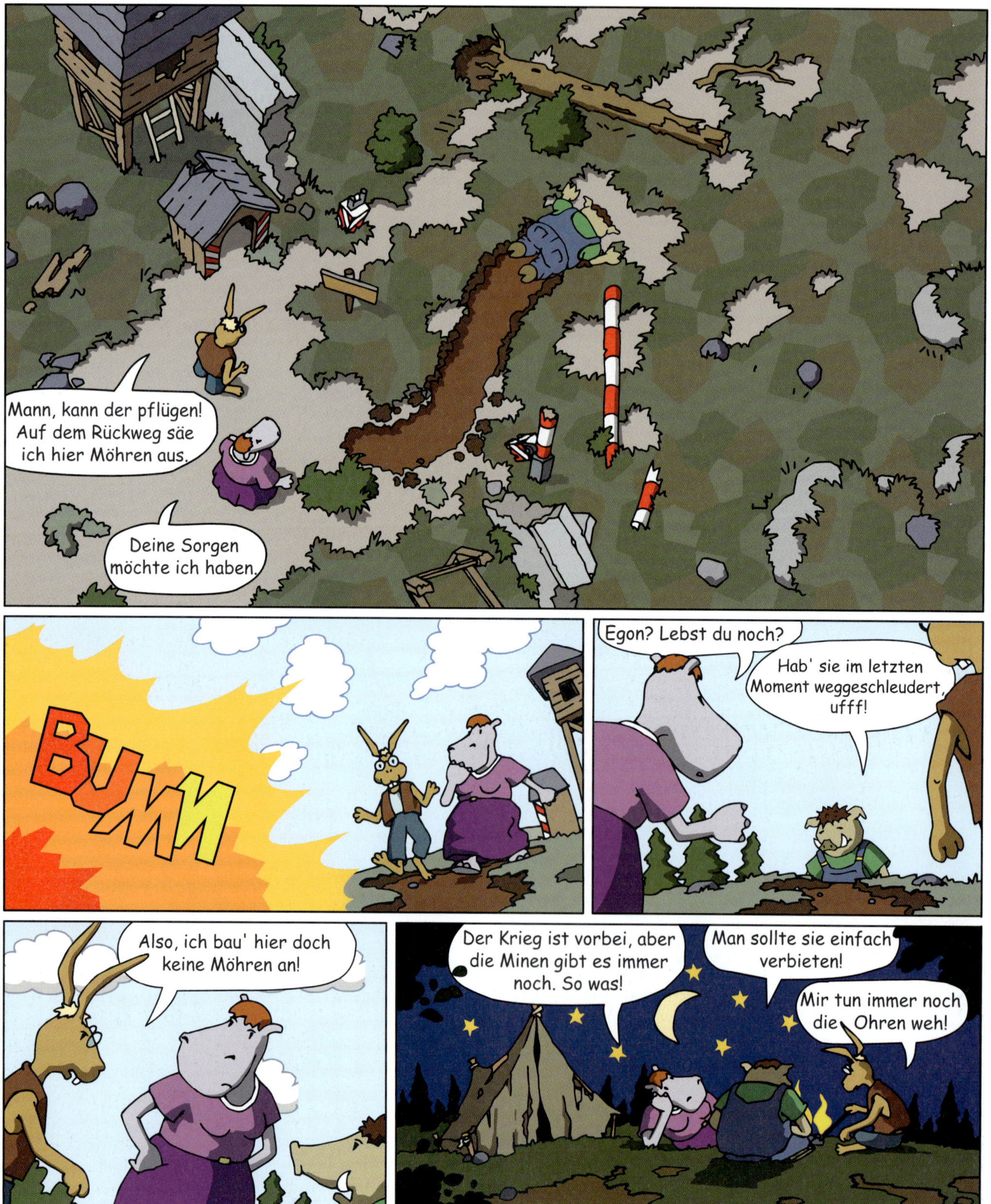
Mann, kann der pflügen! Auf dem Rückweg säe ich hier Möhren aus.
Deine Sorgen möchte ich haben.
BUMM
Egon? Lebst du noch?
Hab' sie im letzten Moment weggeschleudert, ufff!
Also, ich bau' hier doch keine Möhren an!
Der Krieg ist vorbei, aber die Minen gibt es immer noch. So was!
Man sollte sie einfach verbieten!
Mir tun immer noch die Ohren weh!

Asyl
Hört ihr das auch?
Beim goldenen Eber ...
... ich glaube, das ist der Geist vom Gröaleb!
Geist???!!!
Das ist kein Geist...
Das ist ein komischer Vogel!
S..s..seid ihr ganz sicher?
Asyl!
Du bist aber niedlich, wie heißt du denn?
Asyl
H..h..hat er goldene Hauer und ist riesengroß?
Nein, er hat einen Frack an!
Nilopotamien???
Da willst du hin? Na, dann immer da lang.
Pass aber auf die Minen auf!
Keine Panik, bei komischen Vögeln gehen die nicht los!

Am Abend des nächsten Tages erreichen die drei Freunde endlich die Höhle von Odo, dem großen Schweiger.
Jemand zu Hause? Wir kommen in friedlicher Absicht ...
... und haben Möhren mitgebracht!
Vielleicht ist er ja schwimmen? Angeblich macht er das öfter!
Haaallooo ...
... großer Schweiiiger!
Saaag mal was!
Wisst ihr jetzt, wozu ein großes Maul gut ist?
Klar, zum Brote quer fressen.
Ich brauch' so was nicht, ich kaue meine Möhren längs!
Dachte ich es mir doch: ein Nilo, ein Hase und ein Schwein. Und was machen sie? Sie streiten!
Aber nur im Spaß!
Wir drei sind nämlich ...
... ganz dicke Freunde!

Wer's glaubt! Lasst mich bloß in Ruhe, ich habe mit euren dummen Kriegen nichts an der Backe!
Wir haben Frieden!
Wird nicht lange dauern. So, und nun schweige ich wieder!
Nur eine Frage, bitte, lieber, großer Schweiger!
Aber nur eine!
Wie bekommt man die Hasen, die Wildschweine und die Nilos dazu, dass sie für immer Frieden halten?
Frieden? Woher soll ich das wissen?
Ich habe lange unter euch gelebt und immer habt ihr euch unterdrückt und gegenseitig gehasst.
Nun soll auf einmal Frieden sein?
Das wird schwer ihr drei, sehr schwer.
Geht in euer Museum und versucht, aus eurer Geschichte zu lernen.

Das Möhrenbräu-Rezept

Das Originalrezept des Möhrenbräus geht auf Wilibur, die Wildsau, zurück. Es ist mündlich überliefert und deshalb weiß keiner, ob es so stimmt.

Diese recht umständliche Methode zur Herstellung von original Möhrenbräu lässt sich erheblich vereinfachen, wenn man Möhren und Apfelsaft zu gleichen Teilen mischt. Bärbel gibt immer noch einige Tropfen Zitronensaft dazu. Schmeckt echt köstlich.

Willst du ans Möhrenbier gelangen,
musst du erst sieben Hasen fangen.
Lass die sieben Hasen schwören,
dir zu bringen sieben Möhren.
Ruf ein Nilpferd rasch herbei,
dies stampft die Möhren dann zu Brei.
Nun musst du sieben Hasen quälen,
bis sie dir sieben Äpfel schälen.
Drauf stampft das Nilpferd dann erneut.
Denn sonst wird es von dir verbläut.
Füll das Mus in eine Wanne,
rühr es mit dem Stamm der Tanne.
Lass es sieben Jahre stehn.
Dann schmeckt es toll, du wirst ja sehn.

3. Die Wahl

Während Bärbel, Rainer und Egon noch darüber nachdenken, was das alte Walross mit "Verfassung" gemeint hat, sitzt man in Rübstadt einträchtig beim Möhrenbier.
Also, wenn ihr mich fragt, früher war alles besser!
Du hast wohl Sehnsucht nach deinem dusseligen Diktator.
Dann könnten wir hier nicht zusammensitzen, dann wäre immer noch Krieg, du alter Triefrüssel.
Jedenfalls war früher das Bier besser!
Möhrenbräu
Stimmt!
Daran ist nur die Regierung schuld!
Welche Regierung? Wir haben doch gar keine.
Es heißt aber doch, die Regierung ist an allem schuld, oder?
Genau, dann müssen wir eben eine wählen.

Auf ihrer nächsten Zusammenkunft beschlossen die HanisauLänder, freie und geheime Wahlen durchzuführen.
MUSEUM
RUHE!! Was wir noch brauchen, sind ein paar Parteien, und schon kann's losgehen!
Wir brauchen Kandidaten!
Na was ist? Freiwillige vor!
Du lässt dich nicht aufstellen, du hast zu Hause genug zu tun!
Also, ich ernte lieber meine Möhren!
So rumregieren ist ein Haufen Arbeit, oder?
Und wer bezahlt den ganzen Zirkus?
Was scheren mich die Angelegenheiten anderer?
Ich wähl' die Schweine!

Da Regieren Arbeit macht, war keiner bereit, sich für ein Amt zur Verfügung zu stellen. Also beschlossen die drei Alten einfach, Bärbel, Rainer und Egon zu Kandidaten zu machen, da die ja gerade unterwegs waren und nicht widersprechen konnten.
Die Bärbel sieht ja richtig sexy aus!
Schreib lieber euer **Parteiprogramm**!
Wozu denn das?
Na, damit die Leute wissen, warum sie deine komische Partei wählen sollen!
Während die drei Alten den Wahlkampf ankurbeln, schlagen sich die drei "Spitzenkandidaten" mühsam nach Hause durch.
Ich glaub', ich weiß jetzt, was der Alte mit "**Verfassung**" gemeint hat!
Egal, ich hoffe, du bist in der Verfassung, das Seil festzuhalten!
Deine Verfassung ist ziemlich schwer!
Ich glaub', das ist so was wie Spielregeln!
Ach so, wie beim Suhlen. Wer am dreckigsten rauskommt, hat gewonnen.

Der Geist vom Gröaleb!
Der zukünftige Kanzler unserer geliebten Heimat ...
... hat beim Anblick seines Bildes die Besinnung verloren! Die Ehre hat ihn überwältigt!
So ein Hasenfuß!
Was wird hier eigentlich gespielt?
Hier tobt der Wahlkampf!
?
?
Wir sind die Besten! Nilos an die Macht ... Bärbel ins Kanzleramt!
MUSEUM
Wählt die Schweine im Glück, macht Egon zum Glückskanzlerschwein!
Glaubt ihm nix, nur unsere "Möhren für Alle"- Partei kann euch noch retten! Rainer, sonst keiner!
?

Ich fass' es nicht, die haben uns einfach ...
... als Kandidaten aufgestellt!
Na ja, wollte wohl sonst keiner machen!
Und nun?
Ich geh' eine Rede schreiben, schließlich will ich gewinnen!
Wir aber auch!
FRIEDE, bis zum 22. September wird gewählt. Dies ist eine friedliebende DEMOKRATIE!
BAD NILSTEINER BOTE
Montag, 23 September 2002
Die Wahlschlacht ist geschlagen!
Jubelnde Nilos zogen durch die Straßen ihrer neuen Hauptstadt.
Mit einer überwältigenden Mehrheit von 40,1 Prozent trug die Partei »Partei badender Nilos« den Sieg davon.
Auf die beiden anderen Parteien entfielen 59,9 Prozent der Stimmen, davon 33,5 Prozent auf die Partei »Möhren für Alle« und auf die Partei »Schweine im Glück« 26,4 Prozent.
Die neue Kanzlerin bedankte sich in einer Rede bei allen Wählerinnen und Wählern und lädt in den nächsten Tagen zu einem gemeinsamen Freundschaftsbaden ein.
PbN 40,1%
SiG 26,4%
MfA 33,5%
Rainer Renner reagiert verschnupft. Er und seine Partei bedanken sich für das in sie gesetzte Vertrauen bei ihren Wählerinnen und Wählern, sind aber stinksauer.
Von den Wildschweinen war bisher noch keine Stellungnahme zu erhalten.

... aus der Geschichte HanisauLands

Die Sklaven des Tutensch Nilo

Nach Vereinigung mit den Oberflusspferden gelang es Tutensch Nilo, auch "segensreicher Schlammfuß des fruchtbaren Flusses" genannt, die Wildschweine und die Hasen auf Jahrhunderte zu versklaven. Unter der Herrschaft einer langen Reihe von Pharanilonen entstanden auch die gewaltigen Grabkugeln von Luxus und Nilo Simbel.

4. Verfassungslos

Was ist mit unserer Flagge?
Wo bleibt die neue Nationalhymne?
Mach hin, Bärbel Breitfuß!
Ihr müsst mir helfen. Ich schaff' das nicht alleine!
Wieso? Uns haben sie doch nicht gewählt!
Das ist dein Job! Ich bau' lieber Möhren an!
Und ich geh' eine Runde suhlen!
Ihr könnt mich doch jetzt nicht im Stich lassen!
Doch, schon.
Es sei denn, ...
... du machst uns zu Ministern .
Uff, von mir aus, ...
... aber dann müssen wir koalieren !
?
Ist das so was wie gemeinsam suhlen?

Während Bärbel Rainer und Egon erklärt, was eine Koalition ist, schaukelt der Schweiger von der Klippe munter auf den Wellen und redet mit seiner Gummiente.
Was meinst du, sollen wir uns heimlich in die Stadt schleichen?
Vielleicht habe ich schon zu lange geschwiegen!
Diese Bärbel war ja ganz nett für eine Nilo.
Was meinst du, mein glitschiger Freund?
Wie ich sehe, seid ihr auch neugierig. Ob die wohl schon eine Verfassung haben?
Was macht eigentlich unsere neue Regierung?
Die hockt im Kanzleramt ...
... und brütet die Verfassung aus!
Nach einer vierzigtägigen Klausursitzung ist es unserer Regierung immer noch nicht gelungen, eine Verfassung zu verfassen ...
Morgen um zwölf findet vorm Kanzleramt eine Demonstration gegen die Regierung statt!
Da geh' ich hin!
Au ja, faule Möhren schmeißen!
Alle Mann an die Schlammschleudern!

Auf einem Hügel hoch über Sauburg liegt die Ruine der Feste Saustall. Dort wird seit Jahrhunderten die große Schlammschleuder aufbewahrt...

Leider ist sie in ihre Einzelteile zerlegt.
Also, ich hab' keine Ahnung, wie das alles zusammenpasst.
Macht nix! Hier ist der Plan vom ollen Da-Wutsie.

In Rübstadt ist man schon weiter.
Achtung! Spannt die Gemüsearmbrust!

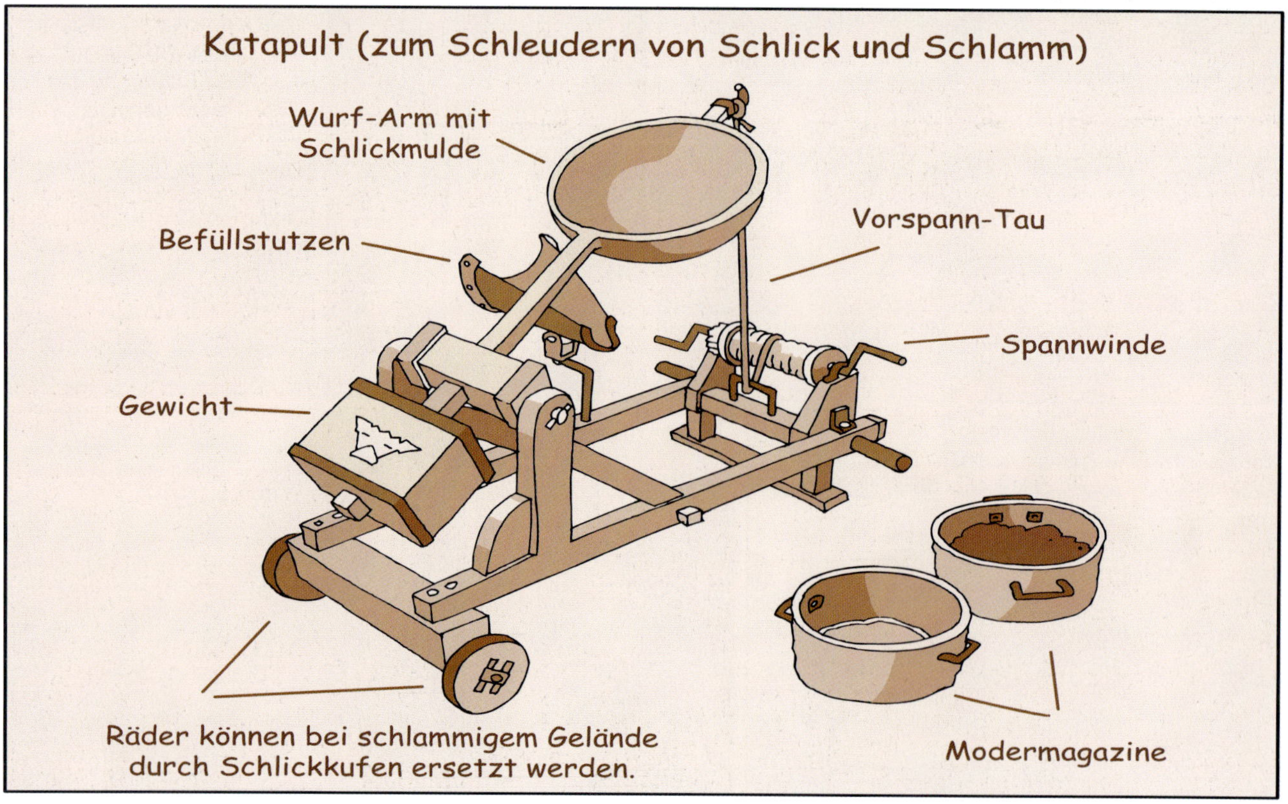
Katapult (zum Schleudern von Schlick und Schlamm)
Wurf-Arm mit Schlickmulde
Befüllstutzen
Vorspann-Tau
Spannwinde
Gewicht
Räder können bei schlammigem Gelände durch Schlickkufen ersetzt werden.
Modermagazine

Was ist mit dieser blöden Verfassung!
Wo bleibt die Hymne!
Suhlen statt Schulen!
Schweine ins Parlament!
Hasen an die Macht!
Das Volk liebt uns, es bringt uns was zu essen!
Ach was, die schmeißen mit Schlamm! Los, schnell, singt die Hymne, das wird sie beruhigen!
So schön, da muss ich heulen. Das greift voll ans Schweineherz. Das singen wir jetzt vor jeder Schlammschlacht.
Da, die neue Fahne! Schweinerüssel, Nilpferdfuß und Hasenohr ... das Zeichen unserer Einheit.
Was ist mit der Verfassung?
Ich bin fertig, wer liest sie nun dem Volk vor?

Die HanisauLand-Fahne
Fuß des großen Nilobert, er überquerte damit der Sage nach das Mittelmeer ohne nass zu werden.
Ohren der berühmten Hilde von der Hasenheide, sie konnte damit das Gras wachsen hören.
Nase des Heribert Trüffel, er entdeckte als erster die wohlschmeckende Knolle, die nach ihm benannt wurde.
Hiermit verkünde ich die Verfassung. Artikel 1: ...
... meine Damen und Herren, ich komme jetzt zum letzten Punkt der HanisauLändischen Verfassung ...
Gar nicht mal so schlecht. Was meinst du?
Na ja, vielleicht schreibt Bärbel ja jemand, was da noch nicht stimmt.
Die Runen der "Hass-Hasen"! Sie sind wieder im Lande. Nach so langer Zeit. GRAUENHAFT!
Nur zu gut erinnert sich der alte Schweiger an die Schreckensherrschaft der "Hass-Hasen". Ist dieser Albtraum wirklich zurückgekehrt?

Die Verfassung  von HanisauLand

(Erste Verfassungsfassung für Verfassungslose)

Präambel
Die Verfassung gilt für alle, egal ob es ihnen passt oder nicht.

1. Du sollst keinem an die Würde fassen und schon gar nicht auf die Würde hauen, vor allem nicht mit Möhren oder anderen spitzen Gegenständen. Es ist auch nicht erlaubt, mit Schlamm nach der Würde zu schmeißen. Die Würde darf man aber auch nicht einfach plattsitzen.

2. Jeder darf sich rumentfalten, wie er will: im Schlamm, auf dem Acker oder im Fluss. Aber er muss aufpassen, dass er dabei nicht zu faltig wird, denn dann stört er vielleicht andere, die sich auch gerade entfalten wollen. Wenn die ihn dann zusammenfalten möchten, gilt aber Artikel eins.

3. Vor dem Gesetz sind alle Tiere gleich. Das heißt, wenn einer etwas klaut, geht er ins Gefängnis. Er kann aber auch begnadigt werden, weil es in HanisauLand noch gar kein Gefängnis gibt. Außerdem darf man keinen hänseln, also nicht sagen, du hast ein großes Maul oder ziemlich lange Ohren oder Schweinsfüße. Auch wenn es stimmt, darf man das nicht sagen.

4. Jeder darf glauben, an was er will, solange er den anderen Tieren damit nicht auf die Nerven geht. Besonders die Nilos sollen in ihren Gebetsstunden etwas leiser singen. Die Schweine müssen aufhören, die Hasen bei ihren Andachten mit Schlamm zu beschmeißen, und die Hasen sollen zukünftig zu Ostern für alle Eier bemalen, wie sich das gehört.

5. Jeder, der will, darf etwas schreiben. Wenn es viel wird, nennt man das Geschriebene auch Buch und es kommt in die Bücherei. Man darf alles schreiben, nur Rechtschreibfehler sind verboten und werden gestrichen.

6. Die Eltern müssen auf ihre Kinder aufpassen. Vor allem die Nilos, da ihr Nachwuchs manchmal durch die Möhrenfelder latscht.

7. Alle Tiere können sich jederzeit versammeln. Das Mitbringen von Gegenständen, welche die Würde der anderen Tiere verletzen könnten, ist aber nicht erlaubt. Dazu gehören Behälter mit Schlamm, Wasserpistolen, angespitzte Möhren, Stinkbomben, alte tote Fische, faule Tomaten, ranzige Fettklumpen, getragene Socken und faule Eier.

8. Liest ein Briefträger mal ganz aus Versehen einen Brief, bevor er ihn austrägt, muss er über das Gelesene die Klappe halten. Das gilt nicht, wenn es sehr interessant ist. Als interessant gelten Liebesbriefe, Drohbriefe, witzige Briefe und Urlaubsgrüße. Rechnungen und Geschäftsbriefe gelten ab sofort als langweilig und dürfen nicht weitergetratscht werden.

5. Rübenterror

Da Bärbel ja schließlich nicht alleine regieren kann, hat sie Egon und Rainer zu Ministern ernannt.
MUSEUM
... gelobe ich dem Wohl aller HanisauLänder zu dienen!
Ich gelobe auch!
Was für **Minister** sind das denn nun?
Also, der Rainer ist fürs Innere!
Und der Egon fürs Äußere!
Und die Bärbel ist die Chefin!
Krisenstab! Wir brauchen einen Krisenstab!
Verschwunden! Die halbe Ernte ist weg!
Das bedeutet Hungersnot!
Die erste Krise, und ich bin nur halb vereidigt!

Ich stifte einen Sack Eicheln für die armen Hasen!
Solidarität! Wir schicken Wasserpflanzen!
Esst ihr auch toten Fisch?
Würg ... neeee!
Schweiger ... Was machst du denn hier?
Och ... Meine Gummiente wollte mal sehen, wie es bei euch so läuft.
Ich glaube, die Hass-Hasen haben die Rüben!
Hass-Hasen? Nie gehört!
Eigentlich schweigt der Schweiger, aber wenn er mal am Reden ist ...
Vor vielen hundert Jahren gab es einen Geheimbund, der sich "Hass-Hasen" nannte. Sie hassten alle anderen Tiere, und nun sind sie wieder da. Ich habe ihr Zeichen gesehen.
Wahrscheinlich ertragen sie es nicht, dass du nun ihre **Kanzlerin** bist.
Die **Regierung** fährt sofort nach Rübstadt. Der Schweiger kommt als Sachverständiger mit.
Ich hole nur noch meine Handtasche!

Wenn ich einen erwische ...
Die sind aber unsichtbar ...
Egal ... Dem braten wir einen faulen Kürbis über ...
... und seit gestern verschwinden sie ...
Einfach so, als ob die Erde sie verschluckt!
Unheimlich ist das!
Tatsache, da seht mal!
flup
Der Geist vom Gröaleb holt sich die Möhren!
Werd bloß nicht schon wieder ohnmächtig!
Ach was ... Das ist kein Geist! Die Hass-Hasen haben die Felder untertunnelt.
Und klauen die Möhren von unten!
Und wenn die anderen Hasen kurz vorm Verhungern sind ...
...dann werden wir sie zwingen, sich von den Nilos und Schweinen und der Nilo-, äh Demokratie zu trennen ...
Genau, Schluss mit der Nilokratie!

Ich werde der Sache mal auf den Grund gehen!
Wühlarbeit fällt in sein Ressort.
Man sollte ihn besser anseilen.
Aber der gute Rat des Schweigers von der Klippe kommt zu spät.
HÜÜÜÜLLFE!!!
Was haben wir denn da?
Das siehst du doch, ein Wildschwein im Frack!
Sollen wir es ein wenig verhauen, Kameraden?
Untersteht euch, ich bin der Außenminister!
Was wird aus dem Außenminister? Bekommen die Hasen ihre Möhren wieder? Wird die neue Regierung die Krise in den Griff bekommen. Das alles erfahrt ihr in der nächsten Folge mit dem Titel "In den Klauen der Hass-Hasen".

6. In den Klauen der Hass-Hasen

Ja, das war aber leider der Innenminister!
Bis der wieder zu sich kommt, haben wir kein Kabinett mehr!
Wo durchs Möhrengrün die Hasen ziehn ...
Den hat's schwer erwischt, er singt die Hymne!
Wir müssen ihn rausbringen, er braucht frische Luft!
Und was wird aus Egon?
Wir stellen einen Suchtrupp zusammen.

Die HanisauLand Hymne
♩=120
A A D E7
HanisauLand — HanisauLand — vom Süden bis — zum Norden —
5 A A D E7
HanisauLand — HanisauLand — aus drei ist eins geworden. — Wo durchs
9 A A E7 E7
Möhrengrün die Hasen ziehn, wo kein Jäger — droht, — und die
13 D D A
Sonne sinkt — in das Möhrenrot da herrscht keine — Not. —
16 A E7 D E7
— und die Sonne sinkt in das Möhrenrot. —
© Wolfgang Mertens 2002

Euer Langohrigkeit ... Wir haben einen Spion gefangen!
Ausgezeichnet, erinnert mich daran, dass ich euch einen Orden verleihe!
GESTEHE!
Was denn?
Na, irgendwas halt. Zum Beispiel warum du einen Frack anhast!
Weil ... na ja, weil ich der Außenminister bin!
Ach ja ... in der Regierung dieser Nilokanzlerin?
Genau da!
Großartig, werft den Kerl ins Verließ!
Der Außenminister ist in meiner Gewalt! Hurra!
kracks

Sie verstecken sich in den Katakomben!
Wir müssen rein und sie aufstöbern!
Und das Nilpferd springt übern Wasserstein!
MUSEUM
Wie viele Hauer siehst du?
Hab ich mir gedacht! Gehirnerschütterung!
Äh, vier bis fünf!
Es geht um Außenminister Egon und um eure Möhren!
Volle Deckung!
MUSEUM

Es werden die Forderungen der Hass-Hasen sein.
Lass uns irgendwo hingehen, wo wir sie in Ruhe lesen können.
Und das Nilpferd springt übern Wasserstein!
Und? Was wirst du tun?
WIR haben die MÖHREN, wir haben den Minister. WIR stellen die Bedingungen!
Sofortige AUFlösung des Staates! Auflösung der Regierung! Wiedereinsetzung unseres geliebten DIKTATORs! Das Ganze bis morGEN! Sonst hungert Ihr und der Außenminister verrottet im Verließ!
Die Hass-HASEN
Was schon, ich trete zurück!
Du kannst nicht zurücktreten, du bist vom Volk gewählt. Eine Demokratie darf sich nicht erpressen lassen!
Ja, aber die armen Hasen! Und was wird aus Egon?
Ja, Regieren ist nicht leicht!

Vielleicht würde es Bärbel besser gehen, wenn sie wüsste, dass Egon beschlossen hat, sich selbst zu befreien.
Das wollen wir doch mal sehen, wer hier besser im Wühlen ist ... ein Hase oder ein wildes Schwein!
Wird Egon die Flucht aus dem Verließ der Hass-Hasen gelingen? Tritt Bärbel doch noch zurück. Das lest ihr in der nächsten Folge "Unter Möhren".

7. Unter Möhren begraben

Auch im fernen Bad Nilstein herrscht nicht überall Frieden.
Dich sitz ich platt, du doofer breitmauliger Stinker!
Ich hab aber deinen Schwimmring nicht, du Tang fressende Unterwassertussi!
Du stummelzahniges Lügenpferd!
AUAAAAA! Mama!
Hippel ... lass sofort deine Schwester in Ruhe!
Aber der blöde Seeochse hat ...
Womit habe ich das verdient!
Selber Seekuh!
Wollt ihr nicht mal wieder eure Patentante besuchen, am besten gleich für ein Jahr, ich brauche nämlich RUHE!
Aber nur, wenn der da mir meinen Schwimmring wiedergibt!
Blöde Nicht-schwimmerin!
Wenn die Tante Zicken macht, sind wir in drei Tagen wieder zurück!
Klar, und erhol dich gut von uns!
BERTA
Vergesst nicht, meiner Schwester den Brief zu geben!

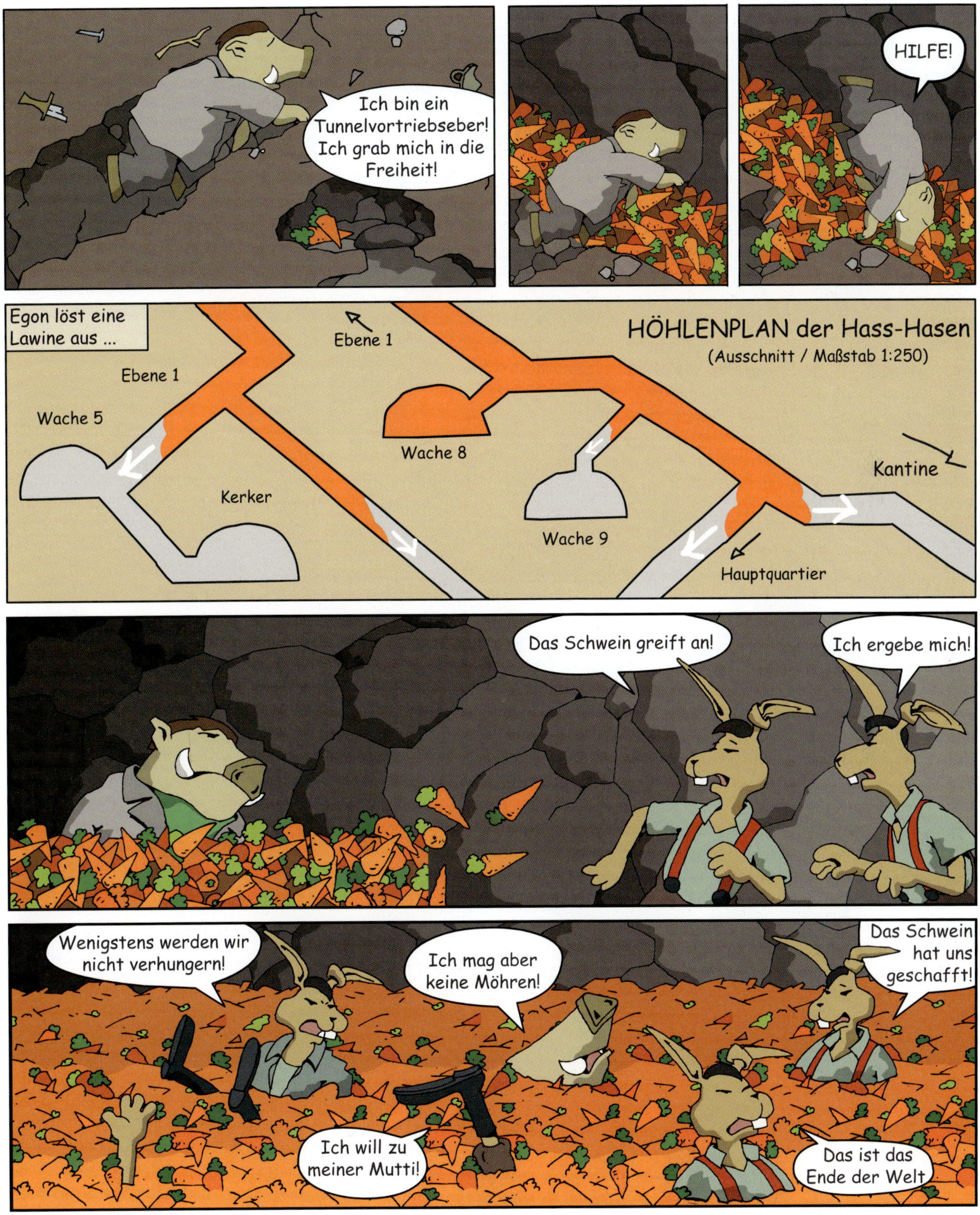
Ich bin ein Tunnelvortriebseber! Ich grab mich in die Freiheit!
HILFE!
Egon löst eine Lawine aus ...
HÖHLENPLAN der Hass-Hasen
(Ausschnitt / Maßstab 1:250)
Ebene 1
Ebene 1
Wache 5
Wache 8
Kerker
Wache 9
Kantine
Hauptquartier
Das Schwein greift an!
Ich ergebe mich!
Wenigstens werden wir nicht verhungern!
Ich mag aber keine Möhren!
Das Schwein hat uns geschafft!
Ich will zu meiner Mutti!
Das ist das Ende der Welt

Gib uns unsere Möhren zurück!
Wir haben Hunger!
Regier endlich, Bärbel Breitfuß!
Rainer, bitte komm zu dir. Du musst die Polizei gründen!
Wo das Nilpferd springt und die Lerche singt!
Lass uns runter, du Trantüte!
Kauf dir mal 'ne Zahnspange, Alter!
Die beiden hab ich am Hafen gefunden, sie sagen, sie wären mit dir verwandt.
Beim fliegenden Nilophanten! Das sind Hippa und Hippel, die gefürchtetsten Kinder von ganz HanisauLand!
Tag, Erbtantchen!
Keine Angst, wir bleiben höchstens ein Jahr bei dir!
Lass sie los Odo, es stimmt, das sind die Kinder meiner Schwester.

Die Lage ist hoffnungslos, euer Langohrigkeit, alle Gänge sind dicht!
Von Möhren verschüttet, welch grausames Schicksal! Du hast uns das hier eingebrockt!
Ach, ich bin also schuld. Wer hat denn die Tunnel gegraben und die Möhren geklaut, so was macht kein anständiges Schwein!
Mittagessen ist fertig!
Na endlich, was gibt's denn Gutes?
Drei Mal darfst du raten!
Also, der Außenminister ist entführt, der Innenminister verstört, die Hasen hungern und ihr seid gekommen!
Mehr Katastrophen gibt es gar nicht!
Nun legt euch erst mal hin, in eurem Alter braucht man viel Schlaf!
Wir haben nämlich schon einen Plan!
Was haben Hippel und Hippa vor? Muss Egon verhungern? Wird der Innenminister endlich wieder klar im Kopf? Die Antworten gibt es in der Folge "Die Rache der Regierung".

... AUS DER GESCHICHTE HANISAULANDS

DIE CEHASEN

Jenseits des Mümmelmeeres entstand auf einer stiefelförmigen Landzunge ein neues Reich, das von den Cehasen regiert wurde und Rüb hieß. Die Wildschweine und die Nilos wurden versklavt und mussten in großen Freilichttheatern zur Unterhaltung der Hasen gegeneinander brutale Schneeballschlachten aufführen.

8. Die Rache der Regierung

Arme Kanzlerin. Als ob sie nicht schon genug Probleme hätte. Aber so ist das nun mal mit der Opposition, die will eben auch an die Macht.
Wie lange wollt ihr noch mit ansehen, wie diese Regierung die Hasen verhätschelt?
Richtig! Was gehen uns die Möhren anderer an!
Unseren Kindern droht die Schulpflicht!
Aber das interessiert ja keine Sau!
Oh doch, mich zum Beispiel!
Dann wählen wir eben dich! Klasse! Wir stürzen die Regierung! Auf nach Nilstein!
Klar, wir zwingen Bärbel, die Vertrauensfrage zu stellen!
Ist das so was wie beim Quiz?
MUSEUM
Du glaubst doch nicht im Ernst, dass ich freiwillig in ein Museum gehe?
Ein bisschen Bildung schadet nicht, du wirst schon sehen!
Da hängen die ganzen alten Knacker, sollen wir ihnen ein paar Zahnlücken malen?
Komm schon, dazu ist jetzt keine Zeit
Das bekommen wir hier nie raus.
ALBTRAUM ALPHORN
Quatsch, es muss ja auch irgendwie reingekommen sein. Aber was hast du damit vor?

Trotz reichlicher Möhrenvorräte herrscht bei den verschütteten Hass-Hasen in den Katakomben eine gewisse Unzufriedenheit.
Du bist an allem Schuld, Außenminister! Lass dir was einfallen!
Da bist du bei mir falsch, mir ist noch nie was eingefallen!
Wir sind verloren.
Nie mehr werden wir die Sonne sehen!
Oben hüpfen die Häsinnen, und ich muss hier vermodern!
Hier wird nicht rumgejammert! Hier wird die Pflicht erfüllt, bis zum letzten Hopser!
Zu Befehl, euer Großmöhrigkeit!
Halt besser die Klappe und mümmel weiter!
Aber man wird doch noch mal klagen dürfen, oder?
Wenn sie uns erwischen, sind wir dran, das Ding ist ihr Nationalheiligtum.
Quatsch, im Kampf gegen den Terror sind alle Mittel erlaubt!
Das erklärst du dann am besten mal unserer Tante Kanzlerin.
Wozu, bis die wach wird, ist alles vorbei.

Ach ja, was soll denn dann vorbei sein?
Nun mach keinen Aufstand, Tantchen! Wir bringen die olle Tröte zurück und alles ist wieder voll im Schlamm!
Ihr habt mir gerade noch gefehlt!
Richtig, wer soll dich denn sonst beraten?
Etwa der alte Sack mit den Hauern?
Seid nicht so respektlos. Odo, der Schweiger, ist der schlaueste Kopf von HanisauLand!
Mag ja sein, Tante Kanzlerin, aber ich hab die besseren Ideen!
Blöde Frage! Zwei, wie immer ...
Wie viele Hauer siehst du?
... und einer hässlicher als der andere!
So ein Glück, der Innenminister ist wieder genesen und im Vollbesitz seiner geistigen Kräfte!
Die Pflicht ruft, ich muss sofort eine Polizeitruppe gründen!
Recht und Ordnung, das sind die Grunzpfeifen einer Demokratatütata! Stimmt's, Schwätzer?
Na ja, fast ...

Nun musst du nur noch volle Lunge da reintröten!
Also gut, auf eure Verantwortung!
Ebene 1
HÖHLENPLAN
Kantine
Wache 8
Wache 9
Haupt-quartier
EUM
? ? ? ? ? ? ? ? ? ? ? ?
Verhafte die Übeltäter, Herr Innenminister!
Ich bin immer noch krank, ich sehe einen fliegenden Egon!
In Ordnung, alle Hasen mit Knoten in den Ohren sind vorläufig festgenommen!
MUSE
Na, wenn das so ist!
Der bleibt drin bis zur Verhandlung!
Nun, fürs Erste ist alles wieder in Ordnung, oder eben im Schlamm, wie die Nilos sagen. Aber wie geht es weiter, was wird aus den Hass-Hasen? Gelingt es Rainer, endlich die Polizei zu gründen? Und dann ist da noch Toni Trüffel, der alte Eber, und seine zwei Freunde. Die haben vor, die Regierung zu stürzen. Das alles erfahrt ihr in der nächsten Folge "Der Arm des Gesetzes!"

...aus der Geschichte Hanisaulands

Wilibur, der Rächer der Wildsäue

Wilibur, dem Rotbärtigen, gelang es, durch räuberische Überfälle auf Städte und Dörfer rund ums Mümmelmeer, Hasen und Nilos unter das Joch seiner Wikschweine zu zwingen. Er galt sogar bei seinen eigenen Leuten als "besonders schweinisch". Unter seiner Schreckensherrschaft wurde das Mümmelmeer in "Großsuhle" umbenannt.

9. Der Arm des Gesetzes

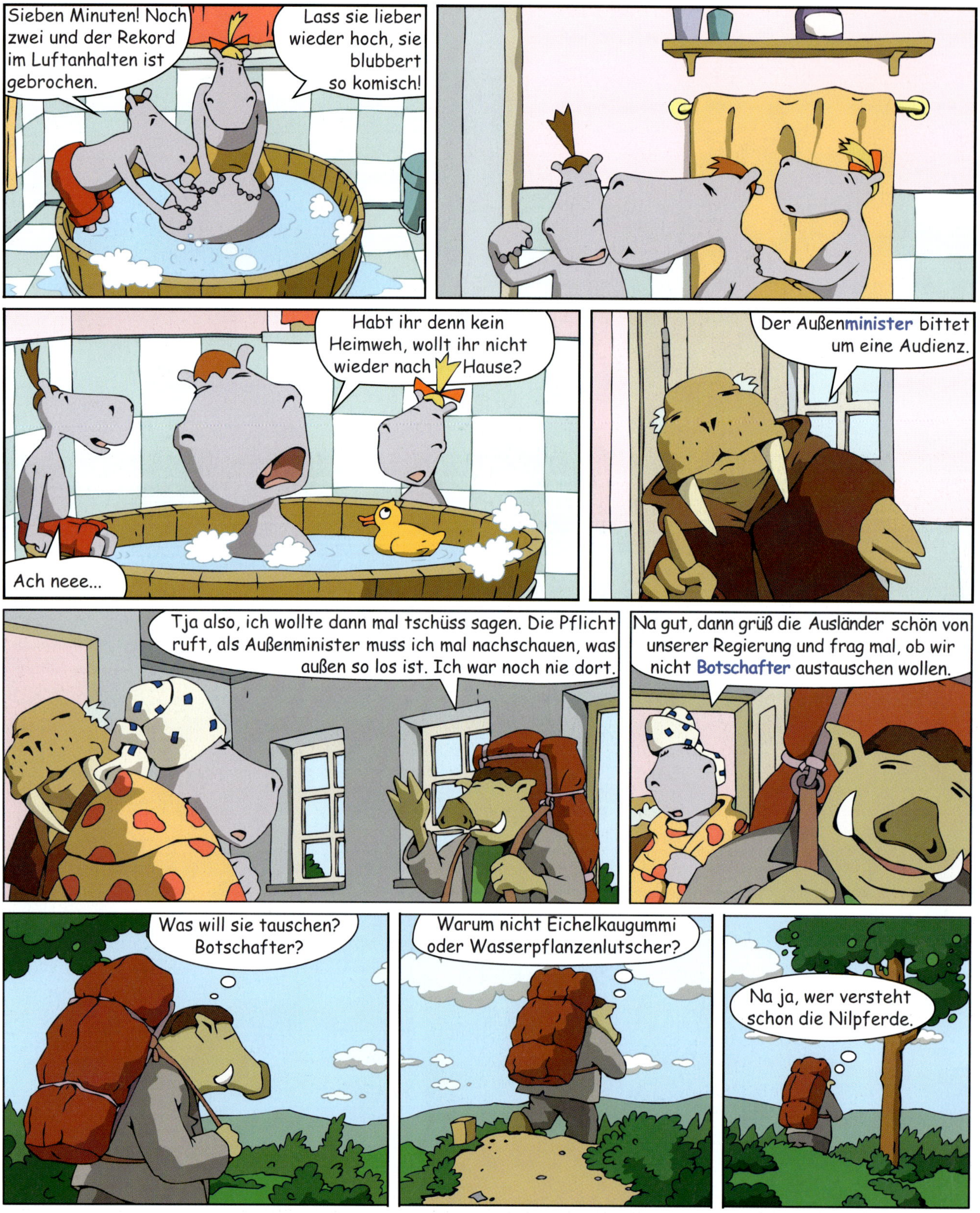
Sieben Minuten! Noch zwei und der Rekord im Luftanhalten ist gebrochen.
Lass sie lieber wieder hoch, sie blubbert so komisch!
Habt ihr denn kein Heimweh, wollt ihr nicht wieder nach Hause?
Ach neee...
Der Außenminister bittet um eine Audienz.
Tja also, ich wollte dann mal tschüss sagen. Die Pflicht ruft, als Außenminister muss ich mal nachschauen, was außen so los ist. Ich war noch nie dort.
Na gut, dann grüß die Ausländer schön von unserer Regierung und frag mal, ob wir nicht Botschafter austauschen wollen.
Was will sie tauschen? Botschafter?
Warum nicht Eichelkaugummi oder Wasserpflanzenlutscher?
Na ja, wer versteht schon die Nilpferde.

Die Hanisauland-Kröte

Das Bild zeigt Professor Hipomus Botanis. Ihm gelang es zu Beginn des letzten Jahrhunderts in mühevoller Kleinarbeit, eine Kröte zum Wetterfrosch umzuschulen. Dafür bekam er in Sauburg den gekreuzten Eberzahn am Bande verliehen und ist nun auch noch auf dem 50 Krötenschein zu bewundern.

Zeig mal her!
Kann jemand wechseln?
Das gehört mir, da ist ein Foto von meinem Opa drauf.
Jetzt kaufe ich die Stadt leer! Ich bin reich!
Könnt ihr noch mehr davon drucken?
Klar können wir mehr drucken.
Allerdings nur, wenn ihr uns bei den nächsten Wahlen wählt.
Die sind aber erst in drei Jahren!
Während in Bad Nilstein die drei Alten Geld drucken, machen Bärbel und Odo sich Gedanken, wie der Prozess gegen die Hass-Hasen ablaufen soll.
Uff, Verteidiger, Staatsanwalt und noch ein Richter. Ist das nicht ein bisschen viel?
Willst du nun einen Rechtsstaat oder nicht?
Na klar.
Bärbel, ich hab ihn gefunden!

Wen denn?
Na, unseren Polizeichef! Darf ich vorstellen, Günter Schlotter!
Rainer, kann es sein, dass du einen Rückfall hast, wir sehen nämlich nix!
Na ja, er ist ein wenig scheu.
Kannst rauskommen, ich hab dich längst entdeckt.
Sehr mutig scheint der aber nicht zu sein.
Nö, er stammt ja auch aus einer angesehenen Angsthasenfamilie.
Und so was willst du zum Polizeichef machen?
Natürlich, wir sind schließlich verwandt.
Günter ist mein Vetter!
Schon mal was von Vetternwirtschaft gehört?

Hier, euer Langohrigkeit, das bestellte Bü...
Schnauze halten ... Das ist Geheimsache!
Zuerst bügele ich dir die Knitter aus dem Ohr, dann du mir.
Und dann nichts wie weg hier.
Beiß fest auf die Rübe, damit keiner dich schreien hört.
Wird dem Diktator die Flucht gelingen oder ist der neue Polizeichef besser als sein Ruf? Was fällt Hippel und Hippa als Nächstes ein? Gelingt es den drei Alte, die Regierung zu stürzen, und was wird aus Egon, dem Außenminister? Mehr dazu erfahrt ihr in der nächsten Folge: "Das Urteil".

10. Das Urteil

Na, so was!
Oh nein! Abgehauen, entkommen und verduftet!
Haltet aus Kameraden, auch für euch kommt die Stunde der Befreiung. Jetzt sind erstmal wir beide dran.
Buh ...
Buh ...
Huhu ...
Angsthase ...
Bangbüchse ...
AAAAAAAAAAAH!
Ein wahrer Held, der Günter.
Genau. Heldenhaft. War aber nix zu machen.
Also, die zwei Oberschurken sind getürmt?
Jawohl, nachdem sie sich die Knoten aus den Ohren gebügelt haben.

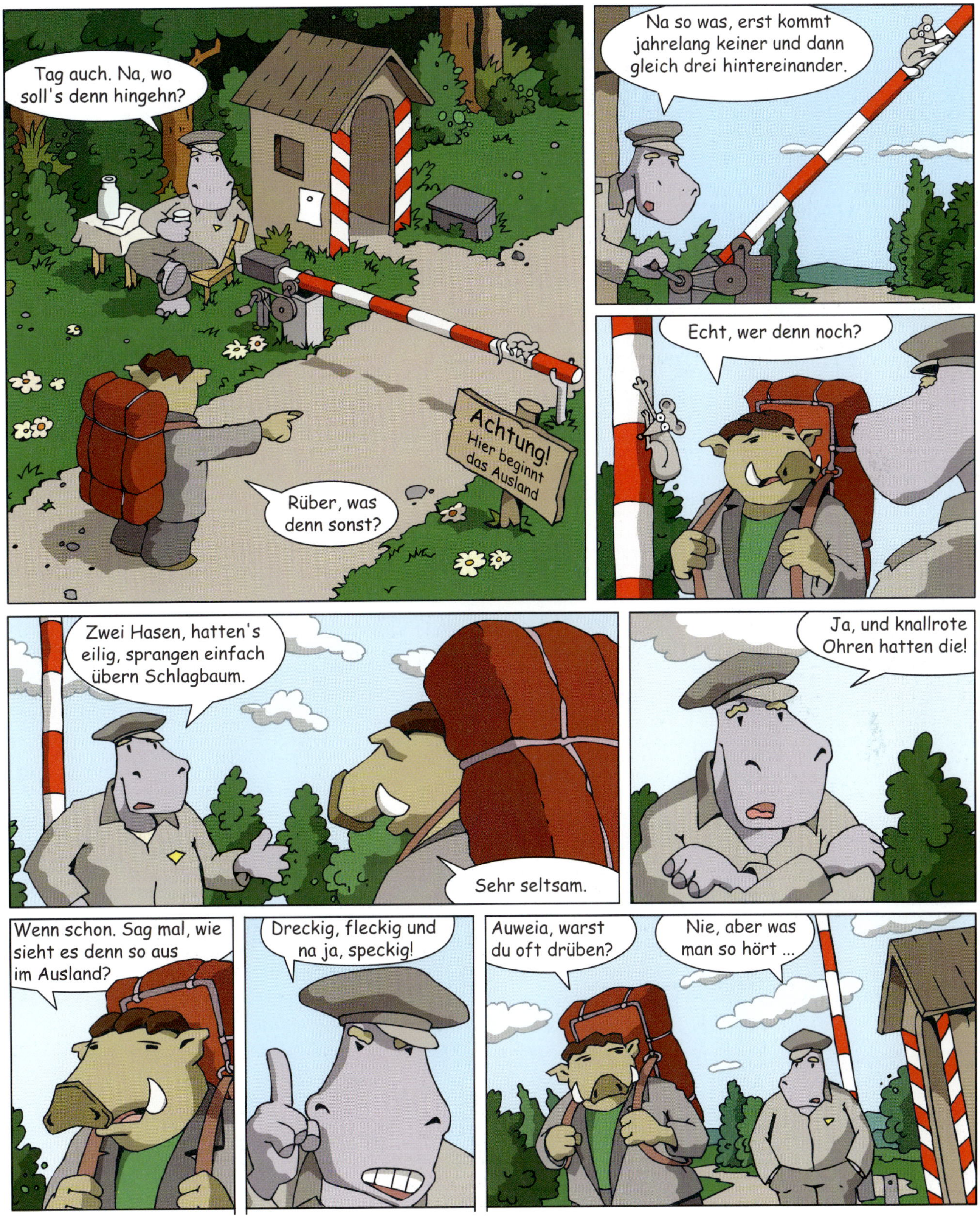

Tag auch. Na, wo soll's denn hingehn?
Achtung! Hier beginnt das Ausland
Rüber, was denn sonst?
Na so was, erst kommt jahrelang keiner und dann gleich drei hintereinander.
Echt, wer denn noch?
Zwei Hasen, hatten's eilig, sprangen einfach übern Schlagbaum.
Sehr seltsam.
Ja, und knallrote Ohren hatten die!
Wenn schon. Sag mal, wie sieht es denn so aus im Ausland?
Dreckig, fleckig und na ja, speckig!
Auweia, warst du oft drüben?
Nie, aber was man so hört ...

Auch wenn die Oberschurken getürmt sind, der Rest der Bande steht heute vor Gericht. Den Vorsitz hat die ehrenwerte Richterin Tusnelda Ringel, die ehemalige Bibliothekarin von Sauburg. Sie gilt als besonders streng.
Machen wir zehn draus?
Und so fordere ich fünf Jahre Gefängnis!
So geht das aber nicht, Sie sind doch der Verteidiger, Herr Minister!
Schon, aber wenn der Staatsanwalt zu gnädig ist, muss die Verteidigung einschreiten!
Du gehörst doch ins Mittelalter, du Rechtsverdreher!
Ruhe, oder ich lasse den Saal räumen!
Wieso, wir haben doch gar nix gesagt!
Also, wenn ich mal was ausfresse, verteidige ich mich lieber selbst!
Ist ja gut, ihr könnt bleiben, die Angeklagten mögen sich erheben, ich komme zur Urteilsverkündung.
Reue, Gnade, Vergebung!
Erbarmen, Amnestie!
Nie wieder, nicht ins Gefängnis

Das ist ja nicht zum Anhören, erst spielen sie die starken Macker und jetzt das!
Wir sind nur arme Mitläufer.
Wir haben nur gemacht, was man uns gesagt hat. Ehrlich!
Ich würde euch ja gerne ins Gefängnis stecken, wir haben aber noch keines!
Dann lass sie doch eines bauen!
Die Beklagten werden verurteilt, ein Gefängnis zu bauen. Nach Beendigung der Bauarbeiten sind sie auf freien Fuß zu setzen!
tupf
Wenn wir die Millionen ...
... erst unters Volk verteilt haben ...
... werden sie uns wählen ...
Arme Bärbel! Wenn sie wüsste, was die drei Alten in Bad Nilstein ausbrüten, sie würde heute Nacht keinen Schlaf finden. Armer Egon! Wenn der Außenminister nur wüsste, wie es im Ausland zugeht, wäre ihm wohler. Mehr erfahrt ihr in der nächsten Folge: "Fremd unter Fremden".

WIE DIE NILOS NIMERIKA ENTDECKTEN

Nach der Herrschaft der Wikschweine zerfiel das Land in zahlreiche Kleinstaaten. Jeder unterdrückte jeden, die Hasen erfanden das Schießpulver, die Wildschweine die automatische Schlammschleuder und die Nilos segelten als Piraten auf dem Mümmelmeer, kamen aber durch einen Sturm vom Kurs ab und entdeckten einen neuen Erdteil, den sie Nimerika tauften.

11. Fremd unter Fremden

Uff, das kann ich nicht lesen. Das ist ja noch schlimmer als zu Hause. Na ja, Suhlenschüler sind nun mal keine Genies!
Willkommen, Ausländer!
Äh, aber du bist doch der Ausländer!
Nein, ich bin der Inländer, nur wer im Ausland ist, ist Ausländer.
Beim goldenen Eber, gerade war ich noch Inländer ...
... wieso bin ich das denn jetzt nicht mehr?
Komm Fremder, ich zeig's dir.
Jetzt bin ich Inländer und du Ausländer!
Da verstehe einer die Welt. Da komm ich jetzt so schnell nicht mit.
Jetzt bist du Inländer und ich Ausländer!
Hört sofort auf, das grenzt an Grenzverletzung!
Hast du es nun verstanden?
Also fast! Macht aber so viel Spaß wie suhlen.

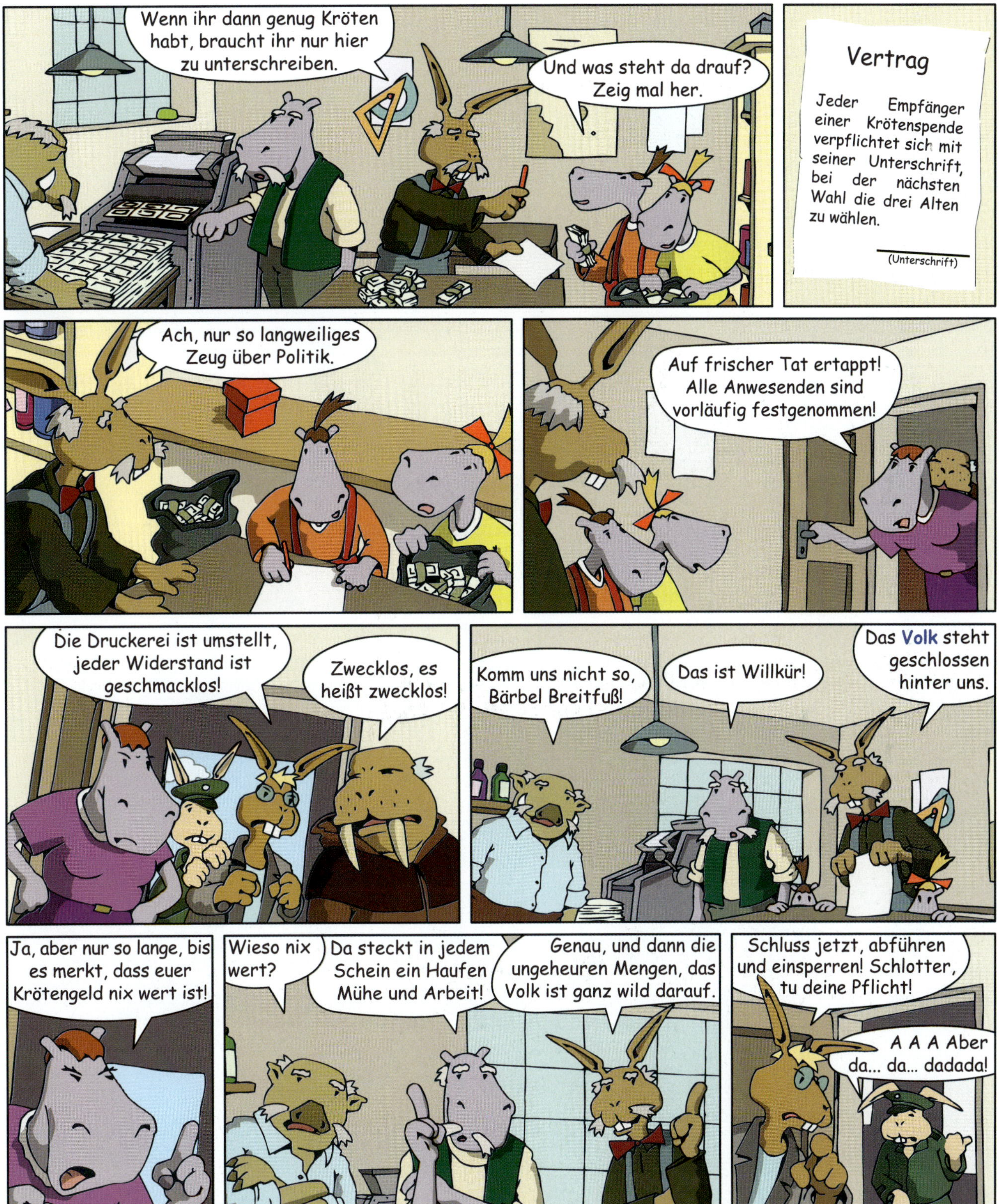
Wenn ihr dann genug Kröten habt, braucht ihr nur hier zu unterschreiben.
Und was steht da drauf? Zeig mal her.
Vertrag
Jeder Empfänger einer Krötenspende verpflichtet sich mit seiner Unterschrift, bei der nächsten Wahl die drei Alten zu wählen.
(Unterschrift)
Ach, nur so langweiliges Zeug über Politik.
Auf frischer Tat ertappt! Alle Anwesenden sind vorläufig festgenommen!
Die Druckerei ist umstellt, jeder Widerstand ist geschmacklos!
Zwecklos, es heißt zwecklos!
Komm uns nicht so, Bärbel Breitfuß!
Das ist Willkür!
Das Volk steht geschlossen hinter uns.
Ja, aber nur so lange, bis es merkt, dass euer Krötengeld nix wert ist!
Wieso nix wert?
Da steckt in jedem Schein ein Haufen Mühe und Arbeit!
Genau, und dann die ungeheuren Mengen, das Volk ist ganz wild darauf.
Schluss jetzt, abführen und einsperren! Schlotter, tu deine Pflicht!
A A A Aber da... da... dadada!

DRUCKEREI
Sperrt die Neidhammel ins Kanzleramt.
Die Regierung gönnt uns nix.
Wir wollen nicht nur Kröten, sondern auch Kohle, Zaster und Pinke, Pinke!
Wir lieben die Alten!
Rainer zurück ins Möhrenfeld!
Ohne Moos nix los!
Keine Gnade für Günter Schlotter!
Das ist gegen die Verfassung!
Dir hau' ich eins über die Möhre!
Die ist im Moment außer Kraft!
Immer wenn es spannend wird, willst du weg.
Halt die Klappe und lass uns verduften!
Egon ahnt nicht, was im Moment seinen Freunden geschieht, sonst würde er sicher zurückrennen und einigen seiner Landsleute auf die Schwarte hauen. Er hat einen neuen Freund gefunden, der ist zwar offensichtlich Ausländer, behauptet aber das Gegenteil.
Also, wenn du mein Freund bist, dann bin ich mit einem Ausländer befreundet, also bist du doch der Ausländer.
Ich gebe es auf, wer hat dich nur zum Außenminister gemacht?
Das Volk von HanisauLand!
Bei uns ernennt der König die Minister.
Wir hatten mal 'nen Diktator, da waren alle Minister seine Söhne.
Kawaga blum.
Was hat der gesagt?
Kawaga blum, Guten Tag, was denn sonst?

Wie? Ihr redet anders, aber dich verstehe ich doch!
Meine Oma ist vor dem Suhlenkonflikt ausgewandert, sie hat mir ihre Muttersprache beigebracht.
Ich wusste es, du bist gar kein Ausländer, du hast nur so getan.
Ich bring dich jetzt zum König, vielleicht kann der es dir besser erklären.
Kawaga blum!
Kawaga blum!
Kawaga blum!
Hast du das gehört, ich kann eure Sprache, und das nach der dritten Klasse Suhlenschule!
Eingesperrt im eigenen Kanzleramt, es ist eine Schande!
Ich bin ja so was von traurig! Ich hab' bei der Rauferei mein Gummientchen verloren!
Wartet es nur ab, der Günter haut uns hier raus.
Was soll nun werden? Der Außenminister im Ausland und der Rest der Regierung vom eigenen Wahlvolk eingesperrt.
Wird Polizeichef Schlotter die Ordnung wieder herstellen können und bekommt Odo seine Gummiente zurück? Die Antworten findet ihr im Internet unter:
www.HANISAULAND.DE

... aus der Geschichte Hanisaulands

Nilo, der 385ste, in Öl

Nilo, der 385ste, verschwand, nachdem die NeunjährigeWasserschlacht in eine Schlammschlacht auszuarten drohte, ins Exil.
Seine Ahnenreihe reicht bis zu den Pharanilonen zurück. Allerdings hat er auch einige Raubritter unter seinen Vorfahren.

Foto des Gräfatz

Mit dem Versprechen "Möhren für alle, die das Maul halten!" gelang es dem "Grässlichsten aller Feldhasen" an die Macht zu kommen.
Statt Möhren gab es aber unter seiner Diktatur nur den Siebenjährigen Möhrenkrieg.

Giovanni Panzerotti mit Dame

Der "Größte aller Eber" (bürgerlich Giovanni Panzerotti) wurde zuerst als Berufsringer bekannt, ging dann in die Politik und entledigte sich seiner Gegner, indem er sie in Zement suhlen ließ.

LEXIKON

Was hier nicht steht,
findet ihr im Internet unter

www.HANISAULAND.de

Und wenn da auch nichts ist,
schreibt mir einen Brief
oder eine E-Mail.
Ich kümmere mich drum,
versprochen!

Abgeordnete

Die **Bürgerinnen und Bürger** einer Stadt oder eines Landes können nicht alle gleichzeitig darüber entscheiden, welche Politik gemacht wird.
Sie wählen daher Frauen oder Männer in freien und geheimen Wahlen für eine bestimmte Zeit als ihre Vertreter.
Diese Abgeordneten gehören meist einer **Partei** an.
Sie sollen im **Parlament** - das kann der **Bundestag**, der Landtag, ein Stadt- oder Gemeinderat sein - die Interessen ihrer Wählerinnen und Wähler vertreten und möglichst in deren Sinne entscheiden. Der wichtigste Teil der Abgeordneten-Arbeit findet in Arbeitsgruppen und Ausschüssen statt. Dort wird beispielsweise beraten, wie die Jugend- oder Gesundheitspolitik aussehen soll.
Die finanzielle Entschädigung für Abgeordnete, die für eine bestimmte Zeit ihren normalen Beruf nicht ausüben, nennt man "Diäten".

Amnestie

Aus dem Altgriechischen übersetzt heißt Amnestie "Das Vergessen". Im heutigen Sprachgebrauch bedeutet Amnestie, dass ein Staat bzw. dessen **Regierung** darauf verzichtet, Menschen, die eine bestimmte Straftat begangen haben, zu bestrafen. Diese Menschen sollen die Chance erhalten, wieder ein normales Leben zu führen. Amnestie ist also eine Art Versöhnungsakt.
Die Amnestie unterscheidet sich von der Begnadigung. Begnadigt werden immer nur einzelne Täter (in Deutschland kann nur der **Bundespräsident** jemanden begnadigen). Bei der Amnestie geht es um alle Menschen, die eines bestimmten Vergehens schuldig sind. So wäre es theoretisch zum Beispiel denkbar, dass eine Amnestie für alle diejenigen erfolgt, die bisher ihre Steuern nicht korrekt gezahlt haben. Sie würden dann nicht mehr strafrechtlich verfolgt.
Die Amnestie bezieht sich immer auf Taten, die in der Vergangenheit liegen.
In Deutschland kann eine Amnestie nur durch ein **Gesetz** ("Straffreiheitsgesetz") erlassen werden.

Asyl

Das Wort kommt aus dem Griechischen und bedeutet so viel wie Heim, Unterkunft, Zufluchtsstätte. In vielen Ländern werden Menschen wegen ihrer religiösen oder politischen Überzeugungen verfolgt, verhaftet, gefoltert, mit dem Tode bedroht oder sogar umgebracht. Deswegen fliehen viele Menschen und bitten in anderen Ländern um Asyl. Das heißt, sie möchten dort ohne Verfolgung und Bedrohung leben und arbeiten.
In vielen demokratischen Staaten ist die Gewährung solcher Schutzrechte in der Verfassung festgeschrieben. In Deutschland heißt es zum Beispiel im Artikel 16 des **Grundgesetzes** (so nennt man die deutsche **Verfassung**): "Politisch Verfolgte genießen Asylrecht".

Botschaft/ Botschafter/in

Den höchsten diplomatischen Vertreter oder Vertreterin eines Landes in einem anderen Staat nennt man Botschafter oder Botschafterin.
Die Botschafter haben in ihrem Gastland besondere Rechte. Um ein Beispiel zu nennen: Der deutsche Botschafter in Frankreich kann ohne große Formalitäten und Wartezeiten zum französischen Staatspräsidenten oder einem **Minister** gehen, um eine wichtige Mitteilung (Botschaft) zu überbringen oder eine dringende Angelegenheit im Auftrag seiner **Regierung** zu besprechen. Umgekehrt kann er selber zum Regierungschef oder einem Minister seines Gastlandes gerufen werden, um eine wichtige Nachricht oder einen Brief an seine **Regierung** entgegenzunehmen.
Die Gebäude, in denen die Botschafter mit ihren Mitarbeitern im Ausland arbeiten, sind die Botschaften. Das Gastland hat die Pflicht, sie zu schützen.
Deutsche Bürger können in einer deutschen Botschaft im Ausland Rat und Hilfe erbitten, wenn sie zum Beispiel ihren Pass oder ihr Geld verloren haben.
Deutschland hat in mehr als 90 Ländern eine Botschaft, also fast in jedem zweiten Land der Welt.

Bundeskanzler/in

Der Chef, die Chefin der **Regierung** heißt Bundeskanzler oder Bundeskanzlerin. Er oder sie wird vom **Bundestag** gewählt und bestimmt für eine festgelegte Zeit, welche Politik gemacht wird (bestimmt die "Richtlinien der Politik"). In Deutschland ist bisher immer ein Mann Bundeskanzler gewesen, im Gegensatz zu anderen Ländern, zum Beispiel England, wo lange Zeit eine Frau Regierungschefin war.
Der Kanzler ernennt seine wichtigsten Mitarbeiter/innen, die **Minister und Ministerinnen**, mit denen er die Regierungsmannschaft bildet.

Bisherige deutsche Bundeskanzler:

Konrad Adenauer (CDU) 1949-1963
Ludwig Erhard (CDU) 1963-1966
Kurt Georg Kiesinger (CDU) 1966-1969
Willy Brandt (SPD) 1969-1974
Helmut Schmidt (SPD) 1974-1982
Helmut Kohl (CDU) 1982-1998
Gerhard Schröder (SPD) seit 1998

Bundesländer/Föderalismus

Deutschland ist ein Bundesstaat. So bezeichnet man den Zusammenschluss mehrerer Staaten zu einem übergeordneten Gesamtstaat. Bei uns nennt man die einzelnen Staaten Bundesländer, das sind zum Beispiel Nordrhein-Westfalen, Brandenburg oder Bayern.
Es gibt insgesamt 16 Bundesländer, darunter auch die so genannten Stadtstaaten Berlin, Hamburg und Bremen. Das Ordnungsprinzip, das auf weitgehender Unabhängigkeit dieser einzelnen Einheiten beruht, wird Föderalismus (lateinisch "foedus" = "Bündnis", "Staatsvertrag") genannt. Die politische Macht wird aufgeteilt zwischen der Zentralregierung (in Berlin) und den **Regierungen** der einzelnen Bundesländer. So hat der Bund, vertreten durch die Bundesregierung, zum Beispiel die Vertretung des Landes nach außen (Außenpolitik). Die einzelnen Bundesländer bestimmen mit ihren Regierungen, in denen auch ein Ministerpräsident oder eine Ministerpräsidentin sowie **Minister und Ministerinnen** sitzen, über die Organisation der **Polizei** oder bestimmen die Schul- und Kulturpolitik. Daher kann es vorkommen, dass eine Abschlussprüfung in Bayern anders bewertet wird als in Mecklenburg-Vorpommern. Die Aufgabenverteilung dieser beiden politischen Ebenen - Bund und Länder - ist in der **Verfassung** geregelt.

Bundespräsident/in

Das ist der erste Mann, die erste Frau im Staate. Bisher gab es in Deutschland nur Männer in diesem Amt. Vielleicht wird es auch mal eine Frau sein, kein **Gesetz** spricht dagegen. Der Bundespräsident wird von der Bundesversammlung für fünf Jahre gewählt.
Die Bundesversammlung setzt sich zusammen aus über tausend Menschen aus allen Gesellschaftsschichten und aus den Mitgliedern des **Bundestages**. Oft ist der Präsident im Fernsehen zu sehen, wie er andere Staatsoberhäupter empfängt oder selber Staatsbesuche macht. Darin liegt eine seiner wichtigsten Aufgaben: die Vertretung Deutschlands gegenüber dem Ausland und der Abschluss von Verträgen mit anderen Ländern. Viele Gesetze gelten ohne seine Unterschrift nicht. Zur Arbeit des Bundespräsidenten gehört auch die Ernennung des **Bundeskanzlers oder der Bundeskanzlerin** und der **Minister und Ministerinnen**.
In Ausnahmesituationen darf das Staatsoberhaupt auch das **Parlament** auflösen nach Artikel 68 des **Grundgesetzes**. Und noch ein besonderes Recht gibt es nur für den Bundespräsidenten: Er kann Gefangene begnadigen.

Deutsche Bundespräsidenten seit 1949:

Theodor Heuss (FDP) 1949-1959
Heinrich Lübke (CDU) 1959-1969
Gustav Heinemann (SPD) 1969-1974
Walter Scheel (FDP) 1974-1979
Karl Carstens (CDU) 1979-1984
Richard von Weizsäcker (CDU) 1984-1994
Roman Herzog (CDU) 1994-1999
Johannes Rau (SPD) seit 1999

Bürger/in/Bürgertum

Du bist ein Bürger oder eine Bürgerin, ich bin ein Bürger oder eine Bürgerin, deine Freunde auch: Heute sind nahezu alle Menschen Bürger eines Staates, zum Beispiel von Deutschland, Frankreich, England usw. Früher wurden Menschen "Bürger" genannt, die im Umkreis einer Burg lebten und das Recht hatten, bei Kriegsgefahr innerhalb der Burgmauern Schutz zu suchen. Dieses Recht hatten etwa die Bauern oder die fahrenden Händler und Gaukler nicht, das waren die Unfreien, die Halbfreien. Auch Gäste der Burg standen oft unter einem anderen Recht als die Bürger. Aus dem Begriff "Bürger" entwickelte sich das "Bürgertum". Das waren die Stadtbewohner und -bewohnerinnen, eine besondere Schicht zwischen dem Adel sowie den Bauern, Arbeitern und Arbeiterinnen, die sich im 19. Jahrhundert besonders entwickelte. Das Bürgertum unterschied sich durch Kleidung, Wohnung, Umgangsformen, durch "bürgerlichen Lebensstil" von den anderen, meist unteren Klassen und Schichten. Heute spielen diese Unterschiede keine Rolle mehr und alle Bürgerinnen und Bürger eines Staates haben die gleichen Rechte und Pflichten.

DDR

Der zweite Staat auf deutschem Boden (das Gebiet der heutigen **Bundesländer** Brandenburg, Mecklenburg-Vorpommern, Sachsen, Sachsen-Anhalt und Thüringen) entstand 1949 aus der damaligen sowjetischen Besatzungszone (SBZ). Die DDR verstand sich als sozialistischer Staat, nämlich ein Staat, in dem die Arbeiterklasse das Sagen hatte. Die politische Macht lag alleine bei einer Partei (SED = Sozialistische Einheitspartei Deutschlands). Freie Wahlen gab es nicht, von **Demokratie** konnte nicht gesprochen werden. Am 17. Juni 1953 haben viele Menschen in einem Aufstand gegen die Verhältnisse in der DDR protestiert. Doch sie konnten nichts ausrichten, die **Demonstration** wurde gewaltsam niedergeschlagen. Weil viele Menschen in den ersten Jahren ihres Bestehens die DDR verlassen haben, um im Westen zu leben, haben die Machthaber in der DDR im August 1961 die Grenze zur Bundesrepublik Deutschland geschlossen und die Berliner Mauer errichtet.
Fast 40 Jahre nach der Gründung der DDR sind viele Menschen auf die Straße gegangen und haben demonstriert. Sie wollten, dass sich die DDR ändert, und sie hatten Erfolg. Die DDR und die Bundesrepublik Deutschland vereinigten sich am 3. Oktober 1990. Seither ist dieser Tag ein Feiertag und wird "Tag der Deutschen Einheit" genannt.

Demokratie

Das ist griechisch und bedeutet "Herrschaft des Volkes". In Deutschland gibt es diese Staatsform seit 1949, zuvor gab es sie bereits einmal von 1918 bis 1933.
Demokratie heißt: Alle **Bürger und Bürgerinnen** haben die gleichen Rechte und Pflichten. Nicht ein Kaiser hat zu bestimmen, auch kein König und kein General.
Alle Menschen dürfen frei ihre Meinung sagen, sich versammeln, sich informieren. Und die Bürger wählen - bei uns ist jeder ab 18 Jahren wahlberechtigt - bestimmte Personen und **Parteien**, von denen sie regiert werden wollen, weil ihnen zum Beispiel gut gefällt, was diese Personen oder Parteien vorhaben. Und wenn die **Regierung** ihre Arbeit schlecht macht, kann das **Volk** bei der nächsten Wahl eine andere Regierung wählen.
Hinweis: In Deutschland gab es von 1949 bis 1990 einen zweiten deutschen Staat, die **DDR** - Deutsche Demokratische Republik - , auf den die oben beschriebene Staatsform nicht zutraf, obwohl im Namen der Begriff "Demokratie" vorkam.

Demonstration

Wenn sich Menschen zu einer öffentlichen Versammlung treffen, in langen Reihen mit Lautsprechern, Plakaten und Spruchbändern durch die Straßen ziehen, handelt es sich um eine Demonstration. Damit wollen die Demonstranten auf ihre Meinungen und Forderungen aufmerksam machen. Zum Beispiel könnten sich Bauern treffen, um für höhere Preise bei landwirtschaftlichen Produkten zu demonstrieren. Oder es haben sich Arbeiter und Angestellte vor einem Firmengelände versammelt, um gegen Massenentlassungen zu demonstrieren. Und an einem anderen Tag sehen wir viele Leute durch die Straßen ziehen, die laut und deutlich ihre Meinung gegen einen **Krieg** äußern. Das Wort Demonstration kommt aus dem Lateinischen und bedeutet so viel wie "Beweis" oder "einen Beweis führen". Das Recht, für oder gegen etwas zu demonstrieren, sich zu versammeln und auf diese Weise deutlich und frei die Meinung zu äußern, ist in den **demokratischen Staaten** in der **Verfassung** fest verankert.

Deutscher Bundestag

So wird das deutsche **Parlament** genannt, das in der Hauptstadt Berlin arbeitet. Die **Abgeordneten** (Volksvertreter) gehören verschiedenen **Parteien** an. Alle Abgeordneten, die derselben Partei angehören, sitzen bei Versammlungen des Bundestages in einer Fraktion zusammen, wenn **Gesetze** diskutiert und beschlossen werden. Ein Beschluss kann aber nur gefasst werden, wenn mindestens die Hälfte aller Mitglieder des Bundestages (zurzeit insgesamt 603 Abgeordnete) anwesend sind. Die Mitglieder des Bundestages werden für vier Jahre gewählt.

Diktatur

Das Wort kommt aus dem Lateinischen und ist genau das Gegenteil von **Demokratie**: Nicht die Mehrheit des **Volkes** bestimmt, sondern einige wenige, zum Beispiel eine einzige **Partei** oder sogar nur eine einzelne Person. Das ist der Diktator, der aus Machtgier den Menschen befehlen will, was sie zu tun oder zu lassen haben. Dabei ist der Diktator meistens nicht gewählt worden, sondern er hat sich selber mit Gewalt an die Macht gebracht. Oft geschah dies mit der Hilfe des Militärs. Das muss den Diktator vor dem Volk schützen. Viele Menschen, die in einer Diktatur leben, haben Wut und Angst, können ihre Meinung nicht mehr frei sagen. Wenn sie es doch tun, "verschwinden" sie, kommen ins Gefängnis, werden gefoltert oder sogar umgebracht.

Exekutive

→ **Gewaltenteilung**

Exil

Das Wort kommt aus dem Lateinischen. Menschen werden manchmal in ihrem Heimatland aus politischen oder religiösen Gründen verfolgt und mit Strafe bedroht. Dem **Diktator** oder den Regierenden passt es nicht, dass diese Menschen anderer Überzeugung sind und ihre Meinung öffentlich gesagt haben. Sie werden verfolgt und bedroht. Den Verfolgten bleibt oft nichts anderes übrig, als sich ins sichere Ausland abzusetzen, also zu fliehen, wenn sie überleben wollen. Im Ausland aber befinden sich die Verfolgten im "Exil". (Sie sind emigriert, was auch aus dem Lateinischen kommt und "wegziehen" heißt.) Es gibt auch ein aufgezwungenes Exil: Menschen werden verbannt, das heißt aus ihrer Heimat ausgewiesen, weil sie der herrschenden Macht unbequem geworden sind.
Es kommt auch vor, dass ein Diktator selber ins Exil geht, weil er sich nicht mehr an der Macht halten kann und vom **Volk** vertrieben wird.

Flagge

Eine Flagge ist meist ein viereckiges Tuch, bedruckt mit verschiedenen Farben und Zeichen. Es zeigt zum Beispiel die Zugehörigkeit zu einem bestimmten Land. Im Unterschied zur Fahne kann die Flagge mit einer Leine an Masten oder Stöcken gehisst werden. Schiffe müssen zum Beispiel "Flagge zeigen", damit man erkennt, aus welchem Land sie kommen. Vor öffentlichen Gebäuden weht die Nationalflagge.
Bei großen Trauerfällen weht die Flagge auf halber Höhe des Mastes, das heißt dann "Halbmast". Es gibt auch bestimmte, durch **Gesetz** geregelte Dienstflaggen, zum Beispiel für die Bundeswehr und für die einzelnen **Bundesländer**. Die Flagge Deutschlands übrigens ist Schwarz, Rot und Gold. Die Farben befinden sich quer in gleich breiten Streifen auf dem Tuch.

Frieden

Du hast dich mit einem Freund furchtbar gestritten. Beinahe wäre es zu einer Prügelei gekommen.
Doch dann seht ihr ein, dass der Grund für den Krach gar nicht so wichtig, vielleicht sogar ganz blöd war? Ihr vertragt euch wieder, habt also Frieden geschlossen.
Auch Staaten können sich streiten und wenn es ganz schlimm wird, führen sie **Krieg** gegeneinander.
Der letzte und schlimmste war sicher der Zweite Weltkrieg (1939 bis 1945). Wenn der Krieg zu Ende ist, herrscht Waffenstillstand oder Frieden.
Doch Frieden tritt nicht einfach ein. Man muss sich darum bemühen. Deswegen werden oft sehr lange Gespräche zwischen den ehemaligen Feinden geführt, weil sichergestellt werden soll, dass der Streit nicht gleich wieder ausbricht. Zumeist muss man den Frieden mit Verträgen absichern, das sind dann "Friedensverträge". Es reicht aber nicht, nur Frieden zu schließen. Es muss auch dafür gesorgt sein, dass es keinen Grund mehr gibt, Krieg zu führen. Wie kann man das erreichen? Die Friedenspartner nach dem Zweiten Weltkrieg haben sich dazu Folgendes überlegt: Die Menschen müssen sich besser kennen lernen, sie sollten mehr reisen können und Fremdsprachen beherrschen. Die Grenzen zwischen den Ländern Europas wurden geöffnet. Viele gemeinsame Projekte und Begegnungen von Menschen aus verschiedenen Ländern Europas, auch regelmäßige Treffen zwischen Politikerinnen und Politikern führten zu mehr Vertrauen. Trennendes wurde so verringert oder beseitigt.
Heutzutage kann man sicher sein, dass es zwischen den Ländern der **Europäischen Union** (*siehe Lexikon unter www.HanisauLand.de*) keinen Krieg mehr gibt.

Gericht

Wenn mich jemand verletzt, betrügt, beleidigt oder mir sonstwie Schaden zugefügt hat, kann ich vor ein dafür zuständiges Gericht gehen und klagen. Ein **Richter oder eine Richterin** werden in einem Gerichtsverfahren feststellen, ob derjenige, den ich verklagt habe, gegen ein **Gesetz** verstoßen hat. Wenn die Klage begründet ist, verkündet die Richterin in einem Urteil, wie der Beklagte den Schaden wieder gut machen muss. Wenn der Beschuldigte gegen ein Strafgesetz verstoßen hat, weil er mir zum Beispiel mein neues Fahrrad mit Gewalt weggenommen und mich dabei auch noch schwer verletzt hat, muss ich zunächst eine Strafanzeige bei der **Polizei** machen.

Dann übernimmt eine **Staatsanwältin oder ein Staatsanwalt** die Anklage vor dem Strafgericht. Der Beschuldigte heißt dann vor Gericht Angeklagter und wird, wenn er schuldig ist, zu einer Strafe verurteilt. Zu seiner Verteidigung bekommt er eine Rechtsanwältin oder einen Rechtsanwalt, die darauf achten müssen, dass das Gericht ihn nicht verurteilt, wenn seine Schuld nicht eindeutig bewiesen werden kann. Dann nämlich muss der Angeklagte freigesprochen werden.
Wenn dem Angeklagten eine schwer wiegende Tat, ein so genanntes Verbrechen, zum Beispiel ein schwerer Raub oder sogar die Tötung eines Menschen, vorgeworfen wird, für das eine hohe Strafe ausgesprochen werden kann, dann besteht das Strafgericht aus Richtern und "Schöffen". Die Schöffen sind keine Berufsrichter, sondern kommen aus anderen Berufen. Gemeinsam mit den Richtern fällen die Schöffen das Urteil.
Für einen Gerichtsprozess (man sagt oft auch nur "Prozess") gelten genau festgelegte Regeln. Am Ende eines Prozesses wird das Urteil verkündet, das immer mit dem Satz beginnt: "Im Namen des Volkes ergeht folgendes Urteil ...". Mit diesem Satz wird ausgedrückt, dass die Richter nicht ihre eigene Meinung, sondern nur das verkünden dürfen, was die geltenden Gesetze vorgeben.
Das Wort Gericht hat noch eine zweite, völlig andere Bedeutung, die ihr natürlich alle kennt. (Schließlich habt ihr alle ein Lieblingsgericht, oder? Spaghetti vielleicht oder Fritten?)

Gesetz

Für viele Bereiche in unserem Leben gelten Gesetze. Wenn ein Stein zu Boden fällt, wirkt das Gesetz der Schwerkraft. Das ist ein unveränderliches Naturgesetz. Wenn ein Autodieb oder ein Einbrecher verhaftet wird, hat er nicht gegen ein Naturgesetz, sondern gegen ein vom Staat erlassenes Gesetz verstoßen. An diese Gesetze oder Regeln muss man sich halten. Nur dann kann das friedliche Zusammenleben vieler Menschen funktionieren. Was Gesetz ist, wird bei uns von der **Bundesregierung**, dem **Bundestag** und dem **Bundesrat** bestimmt. In den Gesetzesbüchern werden diese verbindlichen Regeln und Vorschriften (amtlich heißt das Erlaubnis, Verbot oder Gebot) aufgeschrieben. Natürlich muss auch jemand darauf achten, dass die Gesetze eingehalten werden. Das macht bei uns die **Polizei**. Aber wir alle sollten mit dabei helfen, dass die Polizei nicht immer mehr zu tun bekommt ...

Gewaltenteilung

Genauer müsste es heißen, Teilung der Staatsgewalt. Gewalt kennt man: Wenn jemand zum Beispiel einem anderen Schaden zufügt, tut er das oft mit Gewalt. Mit "Staatsgewalt" bezeichnet man die Möglichkeiten, die ein Staat hat, um dafür zu sorgen, dass die **Gesetze** auch eingehalten werden. Wenn jemand gegen Gesetze verstößt, kann er eingesperrt werden. So will der Staat seine **Bürgerinnen und Bürger** und damit sich selbst schützen (denn er besteht ja aus den Bürgerinnen und Bürgern). Aber der Staat darf keineswegs tun, was er will. Er muss sich selbst auch an die Gesetze halten. Damit der Staat seine Macht nicht unkontrolliert einsetzen kann, gibt es die Gewaltenteilung. Diese Teilung ist ein Grundprinzip unserer **demokratischen Ordnung**. Damit soll verhindert werden, dass diejenigen, die die politische Macht haben, ihre Macht missbrauchen. So sollen die Freiheiten der Bürgerinnen und Bürger gesichert werden.
Die Staatsgewalt wird bei uns in drei verschiedene Bereiche aufgeteilt. Das sind im Einzelnen:

Die **Legislative**, das heißt, die gesetzgebende Gewalt. Bevor ein Gesetz entsteht, müssen bestimmte Spielregeln eingehalten werden. Die **Regierung** schlägt vor, was in einem Gesetz stehen soll.
Im **demokratischen Staat** entscheidet dann die so genannte "gesetzgebende Versammlung", also das **Parlament** darüber, ob dieser Vorschlag angenommen und zum Gesetz werden soll. In Deutschland ist es der **Bundestag** (**Parlament**) in Verbindung mit der Vertretung der **Bundesländer** (**Bundesrat**), die darüber entscheiden. Doch bevor das Gesetz gültig wird, muss es erst noch der **Bundespräsident** unterschreiben.

Die **Exekutive** ist die ausführende Gewalt. Die kennt jeder, zum Beispiel in Gestalt eines **Polizisten** oder der Stadtverwaltung. Sie kümmern sich darum, dass alles seine Ordnung hat und richtig abläuft. Auf der Ebene des Bundes ist das die Regierung, also der **Bundeskanzler** und die **Minister und Ministerinnen**; auf der Ebene der **Bundesländer** sind das zum Beispiel die Ministerpräsidenten und die Minister eines Bundeslandes. In den Städten und Gemeinden ist das zum Beispiel der Bürgermeister. Die Exekutive hat also dafür zu sorgen, dass die Gesetze nicht nur auf dem Papier stehen, sondern auch im praktischen täglichen Leben umgesetzt werden.

Und wenn jemand gegen die Gesetze verstoßen hat und vor dem Gericht erscheinen muss, dann ist er bei der **Judikative** gelandet. Das ist die rechtsprechende Gewalt. Da sorgen die **Staatsanwälte und Staatsanwältinnen**, die **Richter und Richterinnen** dafür, dass Verstöße gegen die herrschenden Gesetze des Strafrechts oder des Zivilrechts nach bestimmten geordneten Verfahren behandelt werden, und das heißt in den meisten Fällen: Sie werden mit einer Strafe belegt. Die Richter müssen die Gesetze beachten, ansonsten sind sie unabhängig. Weder die Regierung noch irgendeine andere Einrichtung oder Person kann sie dazu zwingen, ein Urteil zu fällen, das sie nicht richtig finden.

Grundgesetz

Das Grundgesetz (es wird oft mit GG abgekürzt) ist die **Verfassung** der Bundesrepublik Deutschland, wie unser Land offiziell heißt. Darin wurden im Jahr 1949 bei der Staatsgründung der Bundesrepublik Deutschland alle wichtigen Gesetze für unseren Staat aufgeschrieben. Dies sind also die allerwichtigsten "Spielregeln" für das Zusammenleben der Menschen in Deutschland.
Alle Behörden, Gerichte, alle **Bürgerinnen und Bürger** müssen sich daran halten. Kein **Gesetz**, das in unserem Land gilt, darf dem Grundgesetz widersprechen. Damit ihr eine Vorstellung kriegt, was in unserer Verfassung steht, hier ein kurzes Zitat aus dem ersten Abschnitt des Grundgesetzes:
Alle Menschen sind vor dem Gesetz gleich. Männer und Frauen sind gleichberechtigt. Niemand darf wegen seines Geschlechts, seiner Abstammung, seiner Rasse, seiner Sprache, seiner Heimat und Herkunft, seines Glaubens, seiner religiösen oder politischen Anschauungen benachteiligt oder bevorzugt werden. Niemand darf wegen seiner Behinderung benachteiligt werden.

Inflation

Von einer Inflation wird gesprochen, wenn man viel Geld hat, aber nur ganz wenig Waren und Güter da sind, die man kaufen kann. Das ist komisch, weil es normalerweise immer umgekehrt ist, man hat weniger Geld, als man ausgeben könnte. Wenn wir aber über Wirtschaft und Inflation reden, kommt es nicht so sehr darauf an, wie es einer einzelnen Person - dir oder mir - geht, einer einzelnen Familie oder einem Unternehmen. Es kommt vielmehr darauf an, wie es allen Menschen, allen Familien und allen Unternehmen in einem Staat geht. Eine Inflation gibt es also dann, wenn in einem Staat insgesamt mehr Geld vorhanden ist, als es Waren und Güter gibt.
Wie kann es dazu kommen, dass plötzlich immer mehr Geld vorhanden ist? Wenn zum Beispiel die oberste Bank in einem Staat - das ist die Zentralbank, die Geldscheine drucken lassen darf - zu viel Geld drucken lässt. Der Grund dafür kann sein, dass eine **Regierung** zu viele Schulden hat und deshalb von der Zentralbank verlangt, mehr Geld zu drucken, um die Schulden zu bezahlen. Das kommt heute aber nur noch selten vor, weil die meisten Regierungen und Zentralbanken wissen, dass das für die Wirtschaft eines Landes gefährlich ist.
Eine Inflation kann aber auch so anfangen, dass bestimmte Waren mehr und schneller gekauft werden, als sie hergestellt werden können. Dann steigen zuerst die Preise und die Menschen sagen sich, ich kaufe die Waren noch schnell, bevor sie noch teurer werden.
Oft befürchten Menschen und Unternehmen, dass auch andere Waren jetzt teurer werden und kaufen diese dann auch. Das kann dazu führen, dass plötzlich alle ihr Geld nicht mehr behalten, sondern schnell ausgeben.
Vielleicht machen die Menschen zusätzlich auch noch Schulden, um noch mehr Waren kaufen zu können.
Wenn jetzt die Zentralbank und die Regierung nicht aufpassen, kann es zu einer Inflation kommen.
Um keine Fehler zu machen, muss die Zentralbank immer genau wissen, ob gerade viel und schnell Geld ausgegeben wird oder wenig und langsam.
Kluge Zentralbanken passen daher immer auf, wenn die Preise steigen. Und damit die Menschen nicht noch mehr Schulden machen, sorgt die Bank dafür, dass es teurer wird, Geld zu leihen. Die wichtigste Aufgabe der Zentralbanken ist es also, dafür zu sorgen, dass der Wert unseres Geldes stabil bleibt (Geldwertstabilität).
Die Bank, die das für den EURO macht, sitzt in Frankfurt a.M. und heißt Europäische Zentralbank.

Judikative → **Gewaltenteilung**

Kandidat/in

Bei den Römern trug jemand, der sich um ein öffentliches Amt bewarb und auch schon erste Prüfungen bestanden hatte, eine Art Umhang, Toga genannt. Die war glänzend-weiß. Diese Farbe hieß im Lateinischen candidus, und wer sie trug, war der candidatus. Diese Bezeichnung hat sich bis heute erhalten: Wer sich zum Beispiel als **Abgeordneter** um einen Platz im **Bundestag** bewirbt, wer Bürgermeisterin werden will oder Klassensprecher, muss zwar kein weißes Gewand mehr tragen, aber er oder sie ist bis zur Wahl der Kandidat oder die Kandidatin. In der Alltagssprache ist dieser Begriff im Laufe der letzten Jahrzehnte ausgedehnt worden. So kennt man etwa die Bezeichnung "Quizkandidat" für jemanden, der vielleicht eine Million Euro gewinnen will, aber sich nicht um ein öffentliches Amt bewirbt.

Kabinett

Das Wort kommt aus dem Französischen und heißt eigentlich "kleines intimes Zimmer". In Deutschland meint die Bezeichnung Bundeskabinett den Kreis von Personen, die die Bundesregierung bilden. Dazu gehören der **Bundeskanzler**, die Minister und Ministerinnen und weitere Beamte und Beamtinnen.
In anderen Ländern sind es nur der Regierungschef oder die Regierungschefin und wenige Berater/innen.
In England zum Beispiel war das Kabinett früher nur ein Beraterkreis des Königs oder der Königin. Dieser Kreis kam wahrscheinlich in einem kleinen intimen Zimmer zusammen. Daher der Name, der sich bis heute erhalten hat.

Klausurtagung/-sitzung

Wenn ihr eine Klassenarbeit schreibt, seid ihr in einer Klausur. Das Wort kommt aus dem Lateinischen ("claudere" heißt "abschließen" oder "verschließen"). Ihr könnt keinen von draußen fragen, seid mit eurer Arbeit für eine bestimmte Zeit alleine im Klassenraum.
In der Politik hört man, dass sich Politikerinnen und Politiker oder Arbeitsgruppen in einer Klausursitzung befinden, um schwierige Fragen zu beraten.
Dann wollen sie nicht gestört werden, auch nicht vom Fernsehen, um so in Ruhe und konzentriert arbeiten zu können. In Klöstern gibt es bestimmte Bereiche, die man Klausur nennt. Dort halten sich nur die Angehörigen des Ordens, einer bestimmten Glaubensgemeinschaft, zum Gebet und zur Meditation auf und von außen hat niemand Zutritt.

Koalition

Das Wort kommt aus dem Lateinischen ("coalescare" = "zusammenwachsen") und bezeichnet ein Bündnis unabhängiger Partner oder **Parteien**, die damit einen bestimmten Zweck verfolgen. Meist wird ein solches Koalitionsbündnis nur für eine bestimmte Zeit vereinbart, wenn zum Beispiel Parteien alleine nicht genug Stimmen haben, um regieren zu können.
Ein solches Regierungsbündnis schafft es leichter, **Gesetze** durchzusetzen oder eine andere Steuerpolitik zu machen. Es kommen auch Koalitionen zwischen ganz unterschiedlichen Staaten vor, die aber einen gemeinsamen Zweck verfolgen. Und jeder von euch kennt natürlich auch Koalitionen. Eigentlich ist jede Fußballmannschaft eine, denn unterschiedliche Leute haben sich verbündet, um das Spiel zu gewinnen...

Krieg

Krieg ist, wenn ein Streit zwischen Staaten und **Völkern** nicht mehr friedlich beigelegt werden kann. Dann versuchen diese Staaten, den Streit gewaltsam mit Waffen und Militär zu lösen. Krieg entsteht dann, wenn Regierungen und Politiker verschiedener Länder nicht mehr miteinander reden, um ihre Konflikte auf friedliche Weise zu lösen. Kommt es zum Krieg, gibt es immer viele Verletzte und Tote. Die Menschen leiden unter den Folgen eines Krieges oft auch dann noch, wenn der Krieg schon lange vorbei ist. Weil Kriege so grausam sind, sollten die Staaten immer versuchen, Konflikte auf friedlichem Wege zu lösen. Dass das möglich sein kann, zeigt das Beispiel von Deutschland und Frankreich. Sie waren sehr lange verfeindet und haben viele Kriege gegeneinander geführt.
Inzwischen sind aus den früheren Feinden befreundete Staaten geworden.
Trotz vieler solcher Beispiele gibt es auf der Welt immer wieder Kriege. Es gibt Angriffs- oder Verteidigungskriege, Eroberungs-, Befreiungs- oder Glaubenskriege oder Kriege, mit denen man einem anderen Krieg zuvorkommen will. Kriege werden zu Land, zur See oder in der Luft ausgetragen oder überall zugleich. Wenn es sich um einen Krieg zwischen Volksgruppen innerhalb eines Staates handelt, nennt man es "Bürgerkrieg".
In früheren Jahrhunderten wurde der Krieg mit Feuerwaffen, Gewehren und Kanonen geführt. Mit den Massenvernichtungswaffen, die heute viele Staaten besitzen - Atomwaffen, biologische und chemische

Waffen - kann man nicht nur Menschen töten, sondern die Welt lange unbewohnbar machen. Zwar hoffen alle Politikerinnen und Politiker, dass diese Waffen in den Kriegen nicht eingesetzt werden, aber niemand kann das sicher sagen. Aufgrund dieser Gefahren schließen sich auf der ganzen Welt immer wieder Millionen von Menschen zu Protestaktionen gegen den Krieg zusammen.

Legislative → **Gewaltenteilung**

Minister/in

Diese Männer und Frauen gehören zu einer **Regierung**. Sie werden vom **Bundeskanzler oder der Bundeskanzlerin** vorgeschlagen und vom **Bundespräsidenten** zu Ministern oder Ministerinnen ernannt. Danach leiten sie ein **Ressort**, ein "Ministerium", das für bestimmte Aufgaben zuständig ist. So kümmert sich zum Beispiel das Familienministerium um vieles, was mit den Familien zu tun hat, und das Außenministerium kümmert sich um die Beziehungen zu anderen Staaten. Manchmal tritt ein Minister oder eine Ministerin zurück, weil er oder sie etwas falsch gemacht hat oder mit der Politik des Bundeskanzlers nicht einverstanden ist.

Nationalhymne

Bei feierlichen politischen oder sportlichen Anlässen wird die Nationalhymne gespielt und gesungen.
Es handelt sich dabei meist um eine einfache Melodie, die als Ausdruck des National- oder Staatsbewusstseins empfunden wird. Wenn ein deutscher Olympiasieger oder eine -siegerin auf dem Treppchen steht, wird das Deutschlandlied gespielt und der Text mitgesungen.
Es handelt sich dabei um das "Lied der Deutschen", 1841 von dem Dichter August Heinrich Hoffmann von Fallersleben gedichtet. 1922 wurde es nach einer Melodie von Joseph Haydn zur Nationalhymne erklärt. Nach dem Krieg im Jahre 1949 wurde nur die dritte Strophe zur offiziellen Hymne der neu gegründeten Bundesrepublik Deutschland. Sie beginnt mit der Zeile "Einigkeit und Recht und Freiheit ..." Wisst ihr, wie sie weitergeht?

Opposition

Wenn es euch nicht passt, was Eltern, Lehrerinnen und Lehrer oder die meisten eurer Mitschüler/innen sagen und wollen, dann seid ihr in der Opposition. Das Wort kommt aus dem Lateinischen und bedeutet, im Widerspruch zur Mehrheit zu stehen. In der Politik heißt das, dass **Parteien** im **Bundestag**, die nicht zu den Regierungsparteien gehören, sich in der so genannten parlamentarischen Opposition befinden.
Sie sind ein wichtiger Teil in der **Demokratie**, weil sie als Opposition mit aufpassen, dass **Gesetze** eingehalten werden. Das ist also eine Art Kontrolle. Es gibt natürlich auch viele Gruppen und Parteien außerhalb des Bundestages, die gegen die herrschende Regierungspolitik sind. Die nennt man dann die außerparlamentarische Opposition.

Parlament

Das Wort kommt aus dem Französischen ("parler" = "sprechen") und bedeutet "Volksvertretung".
Im **Parlament** sind die von den **Bürgerinnen und Bürgern** gewählten **Parteien** und **Abgeordneten** (Volksvertreter) vertreten. Die Volksvertretung steht über der **Regierung**. Im Parlament werden neue **Gesetze** diskutiert und beschlossen, die die Regierung ausgearbeitet hat. Deshalb wird das Parlament auch gesetzgebende Versammlung, lateinisch "**Legislative**", genannt. So kontrolliert die Volksvertretung die Regierung. Wenn das Parlament gegen eine Sache ist, zum Beispiel, dass man Soldaten irgendwohin schickt oder die Steuern erhöht, dann stimmen die Volksvertreter und -vertreterinnen dagegen und es kann nicht gemacht werden. In Deutschland gibt es Parlamente in den Gemeinden, in den Städten, in den **Bundesländern** und eines für das ganze Land, der **Deutsche Bundestag**. Auch Studenten- und Schülerparlamente gibt es. In allen diesen Vertretungen sitzen die Gewählten und beraten, was das Beste für ihre Wählerinnen und Wähler ist.

Parteien

Menschen schließen sich zu einer Partei zusammen oder treten einer Partei bei, weil sie ähnliche politische Meinungen oder Ziele vertreten. Diese Vorstellungen werden in Parteiprogrammen festgeschrieben.
Die Mitglieder einer Partei sind überzeugt, dass sie zusammen mehr erreichen, als wenn jeder für sich

alleine arbeitet. Deswegen versucht jede Partei, auch andere Menschen, die in keiner oder einer anderen Partei sind, von ihrem Programm zu überzeugen. Zum Beispiel bei Wahlveranstaltungen, wo Reden gehalten werden, Flugblätter, Luftballons und Kugelschreiber mit dem Schriftzug der Partei verteilt werden. Alle Parteien wollen gewählt werden, denn die Partei, die die meisten Stimmen kriegt, kann regieren.
Man liest oder hört es so oder ähnlich öfter in Zeiten vor einer Wahl: "Dieser gehört einer linken Partei an, jene ist in einer rechten oder gehört der Mitte an."
Wie entstanden diese sozusagen räumlichen Bezeichnungen für eine bestimmte Politik?
Sie beziehen sich ursprünglich auf eine Sitzordnung im **Parlament**. Schon in der ersten deutschen Nationalversammlung 1849 in der Frankfurter Paulskirche (die sich bei ihrer Sitzordnung an die französische Nationalversammlung von 1789 anlehnte) wurde zwischen linken und rechten Gruppierungen unterschieden.
Aus der Sicht des Parlamentspräsidenten saßen links die Fortschrittlichen, die die Gesellschaft damals zum Teil radikal verändern wollten. In der Mitte saßen die freiheitlich-liberalen und auf der rechten Seite im Parlament die konservativen (lateinisch: "conservare" = "erhalten") Gruppierungen. Der **Deutsche Bundestag**, den es seit 1949 gibt, hat diese Tradition der Sitzordnung fortgesetzt, zuerst im alten Bonner Bundestagsgebäude und seit einigen Jahren nach der Wiedervereinigung im umgebauten Berliner Reichstagsgebäude.
Aus der Sicht des heutigen Bundestagspräsidenten sitzen links bis zur Mitte hin die so genannten linken Parteien, nämlich SPD, Bündnis 90/Die Grünen und bis 2002 die PDS, und ungefähr ab der Mitte nach rechts die liberalen und bürgerlich-konservativen Parteien FDP und CDU/CSU.

Polizei

Den Spruch "Die Polizei, dein Freund und Helfer" kennt ihr sicher. Manchmal schimpfen die Leute auch über die Polizeibeamten, zum Beispiel wenn sie falsch geparkte Autos abschleppen lassen oder einem Mofafahrer wegen abgefahrener Reifen einen Strafzettel verpassen. Aber viel öfter noch ist man froh, dass es die Polizei gibt. Spätestens wenn man einen Unfall hat oder Opfer eines Einbruchs oder Überfalls wurde, braucht man die Hilfe der Polizei. Der Ursprung des Namens Polizei (griechisch "Politeia", das heißt "Staatsgewalt") zeigt, wofür sie zuständig ist: für die öffentliche Sicherheit und Ordnung. Ihre Aufgabe ist es, Gefahren für den Einzelnen und die Allgemeinheit abzuwehren, die Bürger zu schützen und strafbare Handlungen zu verfolgen. In unserem Alltag haben wir es am häufigsten mit der Schutz- und Verkehrspolizei zu tun. Aber die Polizei kümmert sich noch um viel mehr. Die Kriminalpolizei zum Beispiel ist zuständig, wenn schwere Verbrechen wie Diebstahl oder Mord aufgeklärt werden müssen, und für die Sicherheit auf dem Wasser sorgt die "Schifffahrts- und Wasserpolizei".
Wenn die Polizei aktiv wird und zum Beispiel Verbrecherinnen oder Verbrecher festnimmt, muss sie dabei bestimmte Regeln beachten. Es gibt nämlich **Gesetze**, die festlegen, was die Polizei tun darf und was nicht. Sie ist, wie man sagt, an Recht und Gesetz gebunden.

Rechtsanwalt/ Rechtsanwältin

Wenn jemand eine Straftat begangen hat, angeklagt wird und vor den **Richter** muss, hat er nach deutschem **Gesetz** das Recht, sich zu verteidigen oder verteidigen zu lassen. Dazu braucht er in den meisten Fällen jemanden, der sich gut mit den Gesetzen auskennt. Das ist eine Rechtsanwältin oder ein Rechtsanwalt. Diese "Rechtsgelehrten", wie sie in früheren Zeiten hießen, haben Rechtswissenschaft (Jura) studiert und dürfen Angeklagte vor Gerichten vertreten.
Der Anwalt studiert sehr gründlich den Fall seines Mandanten, also desjenigen, den er vertritt.
Wenn der Anwalt davon überzeugt ist, dass sein Mandant unschuldig ist, versucht er, dies vor Gericht zu beweisen und einen Freispruch zu erwirken.
Oder der Anwalt versucht - oft mit Hilfe von Sachverständigen - die Handlungsweise des Angeklagten zu erklären. Vielleicht ist der Angeklagte schwer beleidigt worden oder er war krank und kann deswegen für seine Tat nicht voll verantwortlich gemacht werden. Auf jeden Fall tun Anwälte alles, damit die Angeklagten möglichst keine oder eine geringe Strafe bekommen.
Natürlich kostet die Arbeit eines Rechtsanwaltes Geld. Aber wenn ein Angeklagter seinen Rechtsanwalt nicht bezahlen kann, hat er trotzdem Anspruch darauf, vor **Gericht** verteidigt zu werden. Dann sorgt der Staat dafür, dass der Angeklagte einen Anwalt bekommt, das ist ein so genannter "Pflichtverteidiger".

Anwälte arbeiten aber nicht nur vor Gericht. Sie sind auch auf vielen anderen Gebieten tätig, die mit dem Recht zu tun haben. So gibt es zum Beispiel "Fachanwälte" für Familienrecht, Steuerrecht, für Verkehrs- oder Mietrecht.

Rechtsstaat

Das ist die Bezeichnung für einen Staat, in dem alles, was der Staat tut, nach den Regeln der **Verfassung** und den geltenden **Gesetzen** erfolgen muss. In Deutschland gibt das **Grundgesetz** diese Regeln vor. Der Gegensatz zum Rechtsstaat ist zum Beispiel ein Polizeistaat oder eine **Diktatur**. Dort hält sich der Staat an keinerlei Verfassung oder Grundgesetz. In einem Rechtsstaat sollen sich die **Bürgerinnen und Bürger** darauf verlassen können, dass ihre Rechte vom Staat geschützt werden. In Deutschland überprüfen die unabhängigen **Gerichte**, ob der Staat die Gesetze einhält und die Rechte der Bürgerinnen und Bürger geschützt werden.

Regierung

Eine Regierung ist die führende politische Macht in einem Land. Sie besteht aus einer Gruppe von Personen (manchmal sagt man auch "Regierungsmannschaft"), die sich regelmäßig zu Sitzungen treffen. Dort beraten sie und treffen die nötigen Entscheidungen über die Innen- und Außenpolitik eines Staates. Das können zum Beispiel neue **Gesetze** sein zu Kindergeld und Steuern oder Maßnahmen zu Regelungen im Straßenverkehr. Oder es wird beraten und festgelegt, wie die Beziehungen Deutschlands zu anderen Ländern am besten geregelt werden können. Die Regierung muss auf jeden Fall darauf achten, dass die schon bestehenden Gesetze eingehalten werden. Die stärkste **Partei** in Deutschland stellt den Chef oder die Chefin der Regierung (s. **Bundeskanzler/in** und **Minister/in**).

Ressort

"Ressort" ist ein französisches, ins Deutsche übernommene Wort, das "Arbeits-, Geschäfts- oder Amtsbereich" bedeutet. Man spricht dann von Ressorts, wenn es um die Arbeit von **Ministern oder Ministerinnen** geht. Der Minister des Inneren zum Beispiel ist dafür zuständig, dass es im Inneren des Staates nach Recht und Gesetz zugeht, dass die innere Sicherheit und Ordnung gewährleistet wird. In allen diesen Fragen muss er den Kollegen und Kolleginnen im **Kabinett** Auskunft geben und den Volksvertretern im **Bundestag** Rede und Antwort stehen. So ist zum Beispiel das Ressort des Ministers des Auswärtigen für alle Fragen der Außenpolitik zuständig, für die Beziehungen zu den anderen Staaten. Manchmal gibt es in einer Regierung auch Minister oder Ministerinnen ohne ein Ressort. Dann sind sie für Sonderaufgaben zuständig.

Richter/in

Das sind unabhängige unparteiische Männer und Frauen, die, wenn es zu einem Streit kommt, bei **Gericht** Entscheidungen treffen. Es kann dabei zum Beispiel um Streitereien zwischen Nachbarn gehen, um Verkehrsunfälle oder Ehescheidungen. Aber auch schwere Straftaten wie Einbrüche und Mord werden vor Gericht verhandelt. Am Ende einer Gerichtsverhandlung sprechen die Richterin oder der Richter das Urteil (so nennt man die Entscheidung).
Die Urteile können sehr verschieden sein - manchmal müssen Übeltäter Geld bezahlen, manchmal müssen sie ins Gefängnis. Oder aber der Richter spricht den Angeklagten frei, wenn dieser unschuldig ist oder seine Schuld nicht bewiesen werden kann.
Auf jeden Fall sind Richter nur dem **Gesetz** verpflichtet, das heißt, sie müssen sich an die Gesetze halten, aber niemand sonst darf ihnen sagen, wie sie urteilen müssen. Dies ist deshalb so wichtig, weil die Gerichte unabhängig sein sollen. Es soll nicht möglich sein, dass jemand einen Richter dazu zwingt, eine bestimmte Entscheidung zu treffen.
Es gibt Berufsrichter, die auf Lebenszeit ernannt sind. Sie haben Rechtswissenschaft ("Jura") studiert und eine lange Ausbildung hinter sich, bis sie Richter oder Richterin werden. Dann gibt es die Schöffen (in Amerika heißen sie "Geschworene"). Das sind ehrenamtliche Richter und Richterinnen, die aus der Bevölkerung für eine bestimmte Zeit gewählt werden. Sie sind bei Verhandlungen genauso unabhängig und haben das gleiche Stimmrecht wie die Berufsrichter.

Rune

Runa - das ist ein ganz frühes Wort für "Geheimnis", "Geflüster". Man bezeichnete damit germanische Schriftzeichen, die vom 2. Jahrhundert n.Chr. bis etwa ins 11. Jahrhundert gebräuchlich waren. Viele dieser

Schriftzeichen bestanden nur aus einem oder zwei Strichen, sahen zum Beispiel so aus wie unser heutiges "X" oder das "Y". Inschriften mit diesen Zeichen hat man auf Holz oder Steinen gefunden. Auch auf Knochen oder Metall konnten die Zeichen eingeritzt sein und die Menschen glaubten, dass von Sachen, zum Beispiel Gebrauchsgegenständen oder auch Gedenksteinen, die mit diesen kurzen Runen-Inschriften versehen waren, magische Kräfte ausgingen. Die Verbreitung der Runen erstreckte sich besonders über Skandinavien und Island bis nach England.
Das weiß die Forschung heute, allerdings weiß man noch nicht genau, was viele dieser Zeichen im Einzelnen bedeuten und wo die Runen-Schrift ursprünglich herkam.

Staatsanwaltschaft/Staatsanwalt/Staatsanwältin

Ihr habt sicher schon in Filmen Gerichtsverhandlungen verfolgt. Oft sieht man eine Staatsanwältin und den Rechtsanwalt des Angeklagten, den so genannten Verteidiger. Sie streiten mit Worten miteinander und wollen die Schuld oder Unschuld des Angeklagten beweisen. Bei jedem **Gericht** in Deutschland gibt es eine Staatsanwaltschaft. Das sind die "Anwälte" oder "Anwältinnen" des Staates. Sie führen bei Verbrechen oder beispielsweise auch bei schweren Verkehrsunfällen mit Fahrerflucht Ermittlungen durch, um die Tat aufzuklären. Die **Polizei** und die Kriminalpolizei ("Kripo") unterstützen die Staatsanwaltschaft dabei. Wenn die Untersuchung abgeschlossen ist und die Staatsanwaltschaft meint, den Täter gefunden zu haben, und ihm die Tat nachweisen kann, erhebt der Staatsanwalt oder die Staatsanwältin im Namen des Staates die Anklage. Bei der Gerichtsverhandlung vertritt der Staatsanwalt dann die Interessen des Staates vor Gericht. Der Staatsanwalt muss alles, was für oder gegen einen Angeklagten spricht, berücksichtigen, damit es eine faire Gerichtsverhandlung gibt. Er muss immer nach Recht und **Gesetz** handeln.

Terror/Terrorismus

Das Wort "Terror" stammt aus dem Lateinischen und heißt "Schrecken". Terroristen sind also Menschen, die Schrecken verbreiten. Mit grausamen Anschlägen, oft mit selbst gebastelten Bomben und Entführungen, bei denen oft viele Menschen ums Leben kommen, wollen sie ihre Ziele gewaltsam auch gegen den Staat durchsetzen. Ihr rücksichtsloses und brutales Vorgehen erklären Terroristen meistens damit, dass sie eine andere und bessere Welt wollen und geben dafür politische oder religiöse Gründe an. Aber was soll das für eine Welt sein, in der die meisten Menschen in Angst und Schrecken leben? In manchen Ländern, zum Beispiel in Nordirland, in Spanien, im Nahen Osten oder einigen südamerikanischen und südostasiatischen Staaten bezeichnen sich Terroristen als Widerstands- oder Befreiungskämpfer. Manchmal wollen sie die Unabhängigkeit eines Landesteils erkämpfen und dazu scheint ihnen fast jedes Mittel recht zu sein.
Eine besonders unberechenbare Form des Terrorismus sind die so genannten Selbstmordattentate, bei denen die Terroristen das eigene Leben einsetzen, um ihre Ziele zu erreichen. Uns allen in Erinnerung sind die Anschläge auf das New Yorker World Trade Center am 11. September 2001. Hier haben sich Terroristen mit entführten Flugzeugen in die Gebäude gestürzt, um Amerika und die westliche Welt, die sie in ihrem Fanatismus als Wurzel allen Übels auf der Welt sehen, zu treffen. Aber nicht nur Einzelpersonen können Terroristen sein. Es gibt auch Staaten, die ihre Bevölkerung unterdrücken und dazu grausame Mittel einsetzen.

Verfassung

Viele Staaten legen schriftlich ihre grundsätzliche Ordnung und Funktionsweise in einer Urkunde fest. Bevor sich die Menschen auf eine solche Ordnung einigen können, gibt es oft viele Jahre und Jahrzehnte schwere Kämpfe und Auseinandersetzungen zwischen unterschiedlichen Gruppierungen. Die Grundordnung, auf die man sich geeinigt hat, wird Verfassung genannt. Darin wird die politische Organisation beschrieben, wie das Land in Zukunft regiert werden soll, ob es zum Beispiel eine frei gewählte **Regierung** geben wird oder einen König oder **Parteien**. Es wird festgelegt, was die Regierung darf, was sie nicht darf, welche Macht die **Polizei**, das Militär oder andere Staatsorgane bekommen. Vor allem aber wird aufgeschrieben, welche Grundrechte den einzelnen Menschen zustehen, damit sie frei und ohne staatlichen Zwang leben und arbeiten können. Kein anderes **Gesetz** darf den Bestimmungen dieser Grundordnung widersprechen. In Deutschland wird die Verfassung **Grundgesetz** genannt.

Vertrauensfrage

Hier bezeichnet der Name schon ziemlich genau das, was gemeint ist: Wenn der **Bundeskanzler** nicht sicher ist, ob er im **Bundestag** noch das Vertrauen der Mehrheit der **Abgeordneten** hat, stellt er eine entsprechende Frage: Wollt ihr mich noch als Regierungschef oder nicht? Wenn eine Mehrheit sagt, wir wollen diesen Bundeskanzler nicht mehr als Regierungschef haben, treten der Bundeskanzler und seine **Regierung** zurück. Der **Bundespräsident** löst dann das **Parlament** innerhalb einer Frist von 21 Tagen auf und es kommt zu Neuwahlen.

Volk/Nation

Ein Volk (das Wort kommt aus dem althochdeutschen "folc" und hieß "viele") ist eine große Gruppe von Menschen mit gemeinsamer Abstammung.
Alle Mitglieder dieser Gruppe leben in der Regel zusammen in einem bestimmten Gebiet, das deutsche Volk in Deutschland, die Franzosen in Frankreich usw. Ein Volk hat eine gemeinsame Herkunft, Geschichte, Kultur und seine Menschen sprechen meist auch dieselbe Sprache. Allerdings muss das nicht immer zutreffen. Es gibt viele verschiedene Dialekte, auch ganz unterschiedliche Sprachen, wie man in der Schweiz sieht oder in Amerika. Zum Volk der Vereinigten Staaten gehören zum Beispiel Menschen vieler Hautfarben und ganz unterschiedlicher Herkunft. Man spricht in solchen Fällen auch von einer Nation (das kommt aus dem Lateinischen). Dieser politische Begriff verweist mehr auf das Zugehörigkeitsgefühl der Menschen eines Landes, in dem der Austausch zwischen den Menschen mit unterschiedlicher Herkunft gefördert werden sollte. Das entspricht dem Verständnis der modernen **demokratischen Staaten**, die in ihren **Verfassungen** festgelegt haben, dass kein Mensch wegen seiner Rasse, Hautfarbe, Sprache, Religion benachteiligt werden darf, dass jeder Mensch in Freiheit und ohne dabei behindert zu werden, leben darf.

Vetternwirtschaft (Nepotismus)

Angenommen, du bist Kapitän der Fußballmannschaft eurer Schule. Der Platz eines Stürmers ist noch frei. Es bieten sich zwei oder drei Mitschüler an, die ganz gut sind. Du bist dafür, dass dein Bruder mitspielen darf. Der ist zwar nicht so gut wie die anderen, aber er ist dein Verwandter und du bist ihm vielleicht einen Gefallen schuldig. Oder er tut dann immer brav, was du willst, auch außerhalb des Fußballplatzes. Den anderen in der Mannschaft passt das nicht, aber weil du der Chef bist, setzt du dich durch. Als "Vetternwirtschaft" bezeichnet man in der Umgangssprache dein Verhalten. Das wäre es auch, wenn zum Beispiel ein Bürgermeister oder ein anderer, der viel zu sagen hat, dafür sorgt, dass seine Verwandten gute Posten kriegen, obwohl andere dafür besser geeignet wären. "Vetternwirtschaft" ist zwar nicht direkt verboten, aber einen guten Eindruck macht diese Sache nicht gerade. Ein solches Verhalten ist nicht neu. Im Mittelalter gab es Könige, die ihre Enkel, Neffen oder sonstige Verwandte mit guten Posten versorgten. Der Grund ist klar: dann machten sie immer das, was der Chef wollte. Damals wurde der Begriff "Nepotismus" geprägt.
Das kommt vom lateinischen Wort "nepote", das Neffe, Enkel, Vetter oder Verwandter bedeuten kann, im Deutschen wurde dann die "Vetternwirtschaft" daraus.

Wahlen

In der Schulklasse können nicht alle gleichzeitig reden und ihre Meinung durchsetzen. Dafür braucht man einen Klassensprecher oder eine Klassensprecherin, der oder die mit der Mehrheit der Mitschüler und Mitschülerinnen gewählt werden. Sie versuchen, die Interessen derjenigen, die sie gewählt haben, richtig zu vertreten, zum Beispiel gegenüber Lehrerinnen und Lehrern oder in der Schulversammlung.
In der Politik ist es ähnlich. In bestimmten Zeitabständen wählen die Wahlberechtigten (in Deutschland ab 18 Jahren) ihre Vertreterinnen und Vertreter aus bestimmten **Parteien**, von denen sie glauben, dass sie von ihnen am besten vertreten werden. Diejenigen, die gewählt sind, werden in die Volksvertretung, das **Parlament**, geschickt. In Deutschland ist das der **Deutsche Bundestag**. Dort versuchen die Volksvertreter und Volksvertreterinnen, die **Abgeordneten**, das Beste für ihre Wählerinnen und Wähler zu erreichen. Wichtig ist, dass bei den Wahlen jeder für sich geheim in einer Kabine seine Partei und seine Vertreter und Vertreterinnen wählen kann. Niemand soll dabei von außen beeinflusst werden, niemand braucht Angst zu haben, wegen seiner Wahl Nachteile zu erleiden.

Das Comic-Heft basiert auf der Kinder-Internetseite www.HanisauLand.de der Bundeszentrale für politische Bildung. Das Angebot wendet sich an Kinder im Alter zwischen 6 und 12 Jahren und möchte auf unterhaltsame Art und Weise einen Eindruck von dem vermitteln, was demokratisches Zusammenleben in unserer Gesellschaft ausmacht. Dabei setzen wir auf die Begleitung durch Eltern sowie Lehrerinnen und Lehrer.
Die folgenden Vorschläge mögen dazu als Hilfestellung dienen.

Folge 1
Die Hasen, Nilpferde und Sauen streiten sich in dieser Geschichte ja ganz schön.
Am Ende beschließen Bärbel, Egon und Rainer loszugehen und jemanden zu suchen, der den Streit schlichten kann - und der ihnen hilft, sich wieder zu vertragen. Zu wem würdest du gehen oder wen würdest du um Hilfe bitten, wenn du dich mit einem Freund gestritten hast. Was ist wichtig, wenn man sich wieder vertragen will?

Folge 2
Der Schweiger von der Klippe sagt zu Bärbel, Egon und Rainer: "Geht in euer Museum und versucht, aus eurer Geschichte zu lernen." Was kann er damit gemeint haben? Frag deine Eltern oder Großeltern, was der große Schweiger damit sagen will. Sicher hast du dazu auch eine eigene Idee!

Folge 3
Bärbel, Egon und Rainer wissen nicht, was eine Verfassung ist. Sie haben aber eine gute Idee: Sie meinen, das sind die "Spielregeln" für ein Volk. Hast du auch schon mal mit jemandem Spielregeln verabredet? Überleg doch mal, wo und warum überall Spielregeln verabredet werden. Welchen Vorteil haben gemeinsame Spielregeln?

Folge 4
Am Ende der vierten Folge sagt Odo, der große Schweiger, Folgendes zur Verfassung:
"Na ja, vielleicht schreibt Bärbel ja jemand, was da noch nicht stimmt."
Was würdest du in dieser Verfassung verändern? Vergleiche einmal die Verfassung von HanisauLand mit den Grundrechten der Bundesrepublik Deutschland im Grundgesetz!
Du findest sie unter www.bpb.de, >Wissen >Gesetze >Grundgesetz.

Folge 5
Wird dir beim letzten Bild der Folge 5 auch etwas mulmig? Eigentlich wollte Egon nur mal nachschauen, ob sich tatsächlich die Hass-Hasen die Mohrrüben holen und ... plumps, da ist er schon durch das Loch ins Erdinnere gefallen. Bärbel schreibt später in ihr Tagebuch, welche Gedanken sie in diesem Moment bewegten. Versuch doch mal, ihren Eintrag ins Tagebuch zu beenden: "Das kann doch wohl nicht wahr sein!?", sagt sie mit einem lauten Seufzer. ...

Folge 6
Bundeskanzlerin Bärbel hat es schwer: "Was nützt eine Verfassung, an die sich niemand hält?" Sie meint damit die Hass-Hasen, die den Außenminister entführt haben, was ja nach der Verfassung verboten ist. Welche Möglichkeiten fallen dir ein, um Menschen dazu zu bringen, die Verfassung gut zu finden und sich an die Gesetze zu halten?

Folge 7
Stell dir vor, deine Tante hätte ein so hohes Amt im Staat wie die von Hippel und Hippa.
Was würde dir daran gefallen, so eine Tante zu haben, was eher nicht?

Folge 8
1. Die Opposition protestiert gegen die Regierung, weil es zu wenig Möhren gibt.
Wozu glaubst du, ist es wichtig, eine Opposition zu haben?
2. Hippa und Hippel "leihen" sich das Alphorn aus, was natürlich verboten ist, weil es wertvoll ist und der Stadt gehört. Und die Tante als hohe Politikerin macht dabei sogar mit!
Wie findest du das? Sollte sie das Albhorn nicht lieber sofort wieder zurückbringen?
Was würdest du an ihrer Stelle tun?

Folge 9
Stell dir vor, du bist einer der Hass-Hasen. Das ist nicht ganz einfach, aber versuche es trotzdem einmal und lass dir Zeit dabei. Dein Verteidiger kommt in die Gefängniszelle und fragt dich, wie du eigentlich Hass-Hase geworden bist, um dich besser zu verstehen und verteidigen zu können. Wie erklärst du ihm das? Schreibe eine Geschichte in der Ich-Form auf!

Folge 10
1. Der Verteidiger fordert 10 Jahre Gefängnis für die Hass-Hasen. Wieso ist das in diesem Fall nicht korrekt?
2. Wie findet ihr die Strafe für die Hass-Hasen? Sollen der Diktator und seine anderen Befehlshaber strenger bestraft werden als die "Mitläufer", die sagen, sie haben nur Befehle der "Hasen-Bosse" ausgeführt?

Folge 11
Der Grenzwärter sagt zum Außenminister: "Im Ausland ist es dreckig, fleckig und speckig."
Was glaubst du, meint er damit? Woher weiß er, wie es im Ausland aussieht? Warst du schon einmal im Ausland? Wenn ja, erzähle deinem Nachbarn/deiner Nachbarin von einer Reise, die du gemacht hast.
Welche drei Wörter fallen dir ein, um dieses Ausland zu beschreiben?

Schick uns dein "Bild zur Verfassung"

In der Folge 4 "Verfassungslos" wird eine Verfassung in acht Punkten verlesen. Besprecht in eurer Schulklasse, was mit der Verfassung gemeint ist. Warum brauchen die Tiere im Comic eine Verfassung, um friedlich miteinander leben zu können?
Male ein Bild zu einem Abschnitt der Verfassung, der dir besonders gut gefällt.
Dieses Bild kannst du an die unten aufgeführte Adresse senden. Schau dann mal demnächst im Internet unter **www.HanisauLand.de** nach. Dort entdeckst du vielleicht auch dein Bild in der Galerie. Natürlich kann auch eine ganze Klasse teilnehmen. Sende dein Bild an die

Bundeszentrale für politische Bildung
Stichwort: Hanisau
Adenauerallee 86
53113 Bonn

Weitere Anregungen für den Unterricht finden sich unter "Info" auf der Internetseite www.HanisauLand.de.

Inhalt

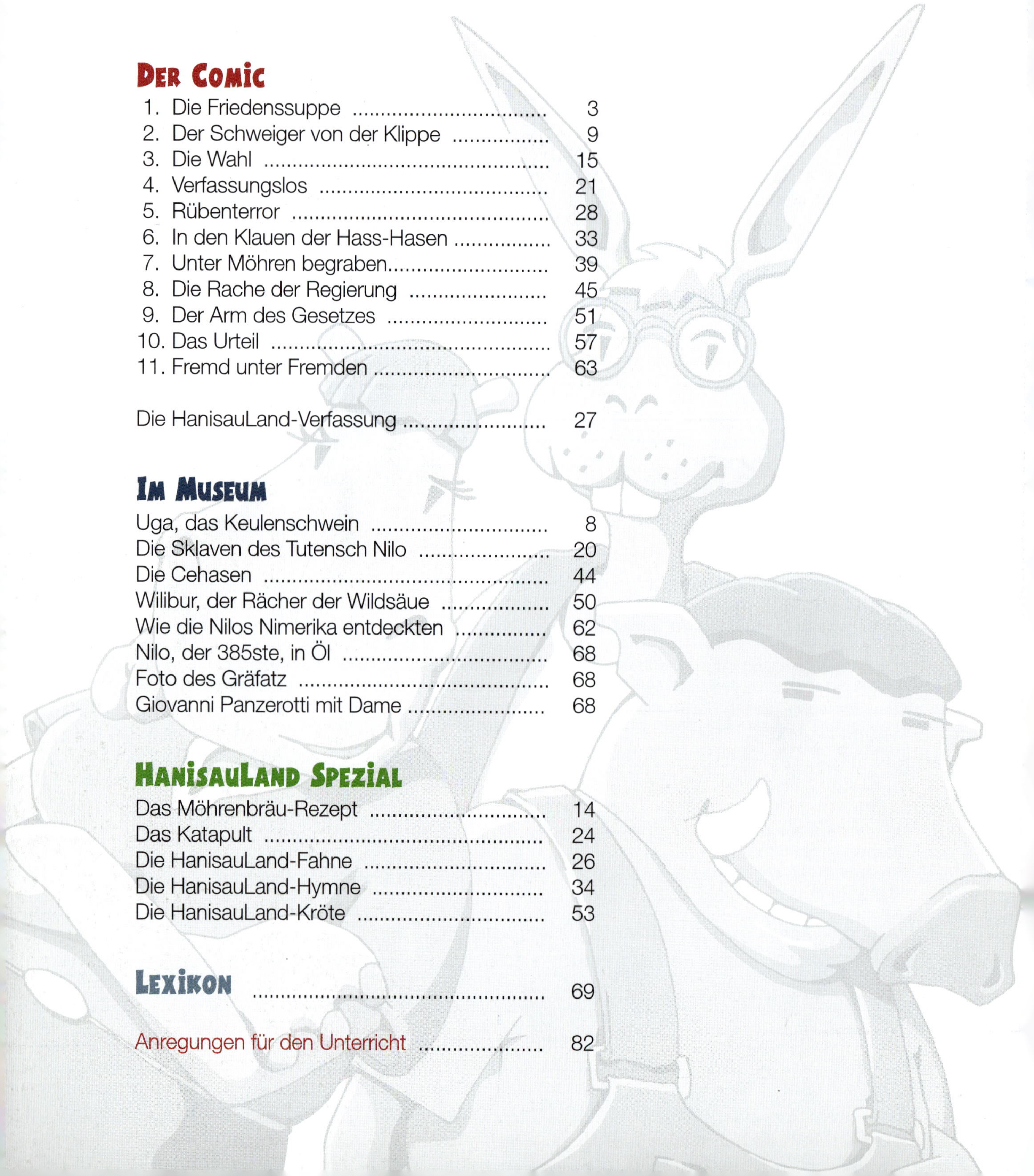

Der Comic

Im Museum

HanisauLand Spezial